KB046502

고백,
손짓,
연결

고백,
손짓,
연결

김민섭 지음

가혹한 세상 속
만화가 건네는
위로

요다

문학연구자로 청춘을 다 보냈지만 지금까지 읽은 논문/소설과 만화책의 총량을 따져 보라고 하면 무엇이 더 많을지 모르겠다. 절대적인 텍스트의 양이야 아무래도 공부하며 읽은 것이 더 많겠지만 '부수'로 따지면 그렇지 않다. 즐겨 보는 웹툰들을 단행본으로 환산하고 나면 몇백 권이 넘어갈 것이다.

  무엇보다도 논문이나 소설은 아무리 좋은 것이어도 여러 번 다시 읽는 일이 드물었다. 지도교수의 소설사를 5번쯤 읽고서 선배에게 "그건 5독이라기보다는 오독이구나."라는 말을 들은 것이 거의 유일하겠다. 그러나 만화책, 특히 웹툰은 시간이 나면 '역주행'이나 '정주행'을 한다. (역주행은 최신 화부터 거꾸로 읽어 나가는 것이고 정주행은 첫 화부터 순차적으로 읽어 나가는 것이다.) 굳이 그렇게 하고자 해서 하는 일이 아니다. 최신 화를 읽다가 '이전 화 보기'를 누르고 나면 그때부터는 참을 수 없게 되고 만다. 1,000화를 넘긴 〈마음의 소리〉를 3번 넘게 역주행했고, '인생 웹툰' 중 하나인 〈덴마〉는 문득 기억나는 장면이 있으면 그 에피소드를 몇 번이고 정주행했다. 만화책 역시 다르지 않아서 『슬램덩크』의 마지막 세 권은 대학원생이 된 이후로는 몸과 마음이 힘들 때마다 몇 번이고 다시 읽었다.

그에 더해, 소설은 논문을 쓴다거나 하는 핑계가 있어야 진지하게 읽었지만 웹툰은 그것이 발행되는 요일마다 습관처럼 챙겨 보았다. 가끔은 중요한 순간에, 그러니까 여자친구가 둘 앞에 펼쳐진 멋진 풍경을 마주하고는 "같이 걸으니까 참 좋다."라며 동의의 눈빛을 보내는 그 순간에, 웹툰의 최신 화 등록 알람을 받고서는 "미안한데 이거 내가 오늘 하루 종일 기다린 거라서…" 하고 횡설수설 변명을 늘어놓기도 했다.

소설이라는 주류문화를 연구하면서도, 흔히 서브컬처(하위문화)라고 하는 만화가 언제나 내 곁에 있었다. 주류는 사실 무수한 비주류들로 인해 지탱된다. 나의 삶 역시 그렇다. 자신 있게 내어놓을 만한 주류는 극히 일부일 뿐이다. 그 얼마 안 되는 주를 떠받치기 위해 더 많은 시간을 나와 은밀히 함께해 온

고백, 손짓, 연결

비주류들이 있다. 그것은 나에게 만화이기도 하고, 록밴드 이브EVE의 노래들이기도 하고, 몇 개의 온라인 게임이기도 하다. 하나의 인간도, 하나의 사회도, 주류로만 구성되지는 않는다. 서브컬처로서 그 주변부가 구성되고 뒤섞일 수밖에 없다. 주류와 비주류는 단순히 그 영향력이나 향유세대로만 구분되지 않는다. 아무도 읽지 않는 주류 텍스트가 있고 누구나 읽는 비주류 텍스트가 있다. 그러나 주류는 비주류에게 쉽게 자리를 내어 주지 않고 선점한 제도와 문화의 힘으로 그 명맥을 간신히, 그러면서도 꾸준히 이어 나간다. 어쩌면 우리는 언제나 그 과도기를 지나고 있는지도 모른다.

만화와 온라인의 만남은 웹툰이라는 새로운 장르를 탄생하게 했다. 그에 익숙한 10대부터 30대까지의 젊은 세대가 직접 창작자로 나서서, 자신들이 바라보는 사회를 그대로 그려 낸다. 기존의 매체에 익숙한 기성세대 만화가들은 변화된 매체의 문법을 잘 이해하지 못하기에 진입이 쉽지 않다. 이벤트성 참여는 "레전드가 오셨다!" 하는 댓글과 함께 환영 받지만 막상 연재가 시작되고 나면 그 반응이 밋밋하다. 그것은 짧은 시간의 공부로 되는 일이 아니다. 세대마다 자신의 시대에 익숙한 매체를 가지고 있기 때문이다. 과거의 어느 세대가 종이에 인쇄된 세로읽기/국한문혼용의 방식에 익숙했다면 지금의 세대는 핸드폰 화면으로 가로읽기와 횡스크롤을 동시에 하며 국영문혼용으로 읽는다. 웹툰은 그 젊은 세대들에게 가장 적합한 독물로 자리 잡았다. 그래서 우리 사회의 가장 젊은 감각과 실재를 촘촘히 드러내게 된다. 새로운 매체가 나타난다면 어린 시절부터 그것을 접해 온 이들은 다시 새로운 장르를 만들어 낼 것이다. 지금의 세대에게는 그것이 웹툰이고, 그래서 웹툰은 우리 사회의 가장 젊은 감각과 실재를 촘촘하게 드러낼 수밖에 없다. 그래서 당분간 영향력 있는 서브컬처로서의 위상을 계속 가지게 될 것이다.

그 시대의 계속 변하는 '오늘'을 읽어 내는 힘 역시 서브컬처에서부터 나온다. 2012년 1월에 연재를 시작한 웹툰 〈미생〉은 많은 미생들로부터 호응을 얻었다. "아프니까 청춘"이라는 자기계발의 수사와도 함께 어울리면서, 자신이 '완생'이 되었다고 여기는 기성세대는 물론 청년들로부터도 폭넓게 지지 받았다. 그러나 2018년에 더 이상 〈미생〉 열풍은 없다. 대신 〈팀장님 만화〉라는 것이 등장했다. 정식 플랫폼에 연재된 것도 아

고백, 손짓, 연결

니고 20대의 젊은 청년이 커뮤니티 게시판에 비정기적으로 올린 작품이다.

'팀장님'은 〈미생〉에 등장하는 팀장들과는 많이 다르다. 〈미생〉의 팀장들은 그가 가진 성품과는 관계없이 얼마나 '전문성'을 가지고 있는가 하는 것으로 평가 받는다. 의외의 따뜻함을 보여주는 캐릭터들도 있지만 조직 안에서의 역량이 전제된다. 반면 〈팀장님 만화〉의 팀장님은 "야, 임마, 이대리 이 짜식이 말이야." 하고 다가와서 홍삼 엑기스를 하나 주고 수줍게 사라지는, 치열함보다는 다정함과 순수함으로 무장한 캐릭터다. 권위를 버린 그 팀장님에게 많은 이들이 열광했다. 그러니까, "아프면 병원에 가야지, 월차도 쓰고 좀 쉬어." 하고 말해 주는 상사가 환영 받는 시대가 된 것이다. 이런저런 커뮤니티에 퍼진 〈팀장님 만화〉의 조회 수는 기존의 정식 플랫폼에서 연재되는 웬만한 만화들의 수치와 비교해도 적지 않다.

〈미생〉도 〈팀장님 만화〉도, 각각 그 시대의 현재를 정확하게 포착한 대표적인 작품이다. 2010년대 초반과 후반의 달라진 분위기를 담아냈고, 일견 그것을 추동해 내기도 했다. 동시대의 반영, 혹은 곧 다가올 시대의 선반영인 것이다. 이 작품들의 동시성을 가깝게 읽어 낼수록 오늘을 살아가는 서브휴먼이라고 할 수 있겠다.

　이 책의 일러스트를 〈팀장님 만화〉의 작가 짠짠맨에게 부탁한 것은, 내가 그의 작품을 인상 깊게 보아서이기도 하지만, 무엇보다도 서브컬처라는 기획에 가장 잘 어울린다고 판단했기 때문이다. 짠짠맨은 '그림판'이라는 가장 보편적인 소프트웨어를 이용해 그림을 그린다. 자신의 블로그에 포토샵을 할 줄 모른다고 언젠가 고백하기도 했다. 그러나 이 시대의 가장 평범한 청년으로서 살아가는 그의 전형성이, 자기 세대에게 공감을 불러일으킬 문법을 알고 있는 그의 감각이, 그의 작품에서는 계속 빛난다. 소설 〈회색 인간〉의 김동식 작가는 '메모장'에 글을 쓴다. 워드 프로세서를 이용해 본 일이 없고 그것이 가장 편하다고 한다. 글쓰기를 배우지 않았다는 그는 기성 문단의 작가들이 쓸 수 없는 글을 쓴다. 투박하지만 '초단편 소설'이라는 자신의 장르에서는 가장 가독성 있고 세련된 방식으로 쓴다. 짠짠맨과 김동식, 두 작가는 주변부에서 계속 중심부에 균열을 내는 서브컬처로서 오래 존재하게 될 것 같다.

고백, 손짓, 연결

나는 사실 서브컬처에 대해 별로 아는 것이 없다. 주류 문단에 대한 공부만 오래 해 왔다. 그러나 비주류로 구성된 평범한 한 인간으로 이 시대를 받쳐 가고 있다는 스스로에 대한 믿음이 있다. 나름 '힙'하다며 비주류를 선언하는 이들을 보면 나는 비주류로서도 실패한 인생이구나, 싶은 것이지만, 그래도 서브컬처를 즐겨 온 서브휴먼으로서 이 책을 썼다. 1990년대, 피아노 학원에서 음표를 그리는 것도 잊고 『슬램덩크』를 보다가 플라스틱 자로 손등을 맞던 9살의 김민섭과, 2018년, 2살 아이를 안고 달래면서 한 손으로는 몰래 웹툰을 정주행하는 36살의 김민섭이, 함께 쓴 책이다.

이 책이 나를 닮은 평범한 서브휴먼들에게 작은 공감이나 위로가 될 수 있으면 한다. 평론이라기에는 무언가 가볍고 에세이라기에는 무거운, 그런 어중간한 무게감을 가진 책이다. 그래서 굳이 어느 장르의 책이라고 내어놓기가 민망하다. 그러나 대학에서 나와 최근 몇 년 동안 써 온 나의 글들이 대개 그러하다. '이런 글을 쓰는 사람도 필요하지 않은가.' 하고 생각하고 나면, 마음이 편해진다. 김민섭이라는 장르를 기다리는 독자들이 있을 것이라고 생각하며 이 글들을 당신에게 보낸다.

3장 연결하다

고
백
하
다

타인을 향한 복수심에 소진할 에너지를
온전히 나를 가꾸는 데 쓸 수 있어야 한다.
그러다 보면 어느 날, 초라한 과거의 나와
대면하며 "나를 선택해 주어 고맙다."고
따뜻하게 말할 수 있을 것이다.
그렇게 조금 더 삶의 주인이 되는 것으로,
진정한 복수를 이룰 수 있다고 믿는다.

/ 덴마

작가 양영순. 2010년 1월 8일부터 네이버(NAVER)에 연재되고 있다. "특수 능력
을 지닌 악당 덴마가 꼬마의 몸에 갇혀 우주택배 업무를 하며 겪는 기상천외한
모험 이야기."라고 공식적으로 소개되어 있다. 그러나 두세 줄로는 요약이 불가
능할 만큼 그 세계관이 방대하다. 그러면서도 소소한 캐릭터들의 스토리를 섬
세하게 그려 낸다. 이것은 양영순이라는 작가가 가진 장점 중 하나다. 그 어느
캐릭터도 쉽게 미워할 수 없게 만든다. 몇 편을 보다 보면 '야엘로드'와 '식스틴'
챕터에 이르러서는 누구나 '덴경대'가 되고 만다. (덴경대: 덴마의 열성팬들을 일컫
는 단어. 작품에 등장하는 '백경대'를 합성해서 만들었다.) 제대로 완결되기를 바라며
'뭇시엘'.

내 삶의 발목을 잡아 온 것은 결국 나였다

친구 L이 나에게 모 작가의 어느 소설을 읽었는지 물었다. 대학원생 시절의 연구 주제와도 관련이 있는 소설이었는데, 나는 논문을 쓰면서도 일부러 읽지 않았다. 왜, 하고 묻는 그에게 "내가 정말 싫어하는 선배가 그 작가로 논문을 썼거든, 그래서 그 작가와 소설도 모두 싫어졌어." 하고 답했다. 친구는 뭐 그렇다고 굳이 소설을 안 읽어, 하고 웃었다. 그러고는 다시 꽤 인기가 있었던 어느 영화를 보았는지를 궁금해했다. 보고 싶었는데 아직 보지 않았다고 하자, 그가 이유를 물었다. 그런 그에게 "그 선배가 추천한 영화인데 왠지 그 이후로 보고 싶지가 않아졌어." 하고 답했다. 그러면서 그도, 나도, 무언가 심각하게 잘못되었음을 알았다.

　나는 대학원의 어느 선배를 참 싫어했다. 이유를 물으면 딱히 무어라 답하기가 민망하지만, 지내다 보면 서로 '종이 다른' 이들이 있기 마련이다. 그와 내가 그랬다. 중간관리직이라고도 할 수 있을 그와는 결이 잘 맞지 않았다. 다른 선후배들은 좋으나 싫으나 그와의 관계를 그럭저럭 유지해 갔지만 나는 그것이 힘들었다. 그 때문에 울면서 집에 들어가기도 했고 새벽까지 혼자 술을 마시기도 했다. 『나는 지방대 시간강사다』라는 글을 쓰고 대학에서 나오면서는, 가끔은 그가 없었다면 어땠을까, 하고 상상해 보기도 했다. 그러면 한 인간에 대한 원망이 일었다. 개인은 구조에 함몰되고 순응할 수밖에 없는 나약한 존재이니 우리를 둘러싼 제도와 문화만을 미워하기로, 그렇게 마음먹었지만, 감정은 쉽게 통제되지 않는다. 그도 나에게 "너 때문에 잠을 못 잘 만큼 힘들었다."고 고백한 일이 있을 만큼, 서로 애'증'의 관계였다. 그러나 누가 잘못했다기보다는, 그와

　　　　　　　　　고백, 손짓, 연결

내가 그만큼 '다른 인간이었다.'고 생각하고 싶다.

　웹툰 〈덴마〉를 보면서 나는 그 선배를 다시 떠올렸다. 에피소드 「THE NIGHT」의 주인공 지로가 자신의 원수인 규오를 만나는 장면에서였다. 지로는 마약에 찌든 '약쟁이'다. 서사 초반에 그는 갱생 불가능한 인간으로 묘사된다. 약에 취해 여동생을 성추행하고 교통사고를 내 남동생을 반신불수로 만들었다는 오해도 받는다. 약을 끊고자 하는 의지는 있으나 언제나 "그래, 마지막으로 한 대만 더…"라며 무너지고 만다. 지로의 인생이 망가진 것은 규오를 만나고부터였다. 특별한 능력을 가진 지로를 개인 경호원으로 영입하려 했으나 거절당한 규오는 "내가 쓸 수 없다면 남도 쓸 수 없게 만들어야 되는 거야."라면서 그를 감금하고 강제로 마약을 투여했다. 지로에게 규오는 증오의 대상일 수밖에 없다. 그러나 중독에서 벗어나기란 힘든 일이다. 가족들이 모두 노예로 팔려 가는 수모를 겪고서도, 지로는 약을 끊지 못한다.

　그런 지로에게 약을 끊게 한 것은 따뜻한 한 줌의 기억이었다. 크리스마스트리에 올리는 별 장식, 그것에서 가족과의 단란했던 한때를 떠올린 지로는 "돌아가고 싶어."라며 오열한 다. 물론 그 이후에도 계속 방황하지만, 어느 계기를 통해 자신의 발목을 끝없이 잡아 온 것이 결국 '자기 자신'이었음을 깨닫게 된다. 우연히 '사람의 무의식에 침투해 가장 밑바닥의 죄의식을 끌어내는 행성'에 다다른 그는, 약에 취해 절벽에 매달린다. 죽음을 앞둔 그의 앞에 규오의 허상이 나타난다. "내 발목 잡지 말라고!" 하고 소리치자 그것은 곧 깨어져 자신의 어머니로, 동생들로, 차례로 바뀌어 간다. 그런데 마지막에 나타난 자신의 허상은 아무리 발버둥 쳐도 깨어지지 않는다. 가장 깊은 곳에서 끌어올린 무의식의 주체는 타인이 아닌 자기 자신일 수밖에 없었다. 행성은 그렇게 지로에게 삶을 망치는 것도, 성공으로 이끄는 것도, 자기 자신에게 달려 있음을 보여 주고는 "너는 누구를 선택할 것인가?"를 묻는다.

그 이후 지로는 약을 끊고 망가진 몸을 단련해 나간다. 규오가 탐낼 만한 특별한 능력이 있었던 그는, 몇 년 후 가장 유력한 귀족의 개인 경호대인 백경대의 일원이 되는 데 성공한다. 경호원들에게는 꿈의 직장으로 묘사되는 곳이다. 그런데 전쟁을 위해 다시 한 번 '그 행성'을 찾은 지로 앞에 규오의 허

고백, 손짓, 연결

상이 나타난다. 규오는 "어서 와 소중한 친구야."라며 약을 내민다. 지로가 무시하자 약은 곧 모래가 되어 떨어지지만 규오는 "피가 거꾸로 솟지? 날 찢어 죽이고 싶지 않아? 내가 너와 가족의 삶을 완전히 뭉개 놨으니까." 하고 묻는다.

그런데 지로는 그런 규오에게 "분노엔 엄청난 에너지가 들어."라면서 자신의 이야기를 시작한다. 너에게 내 귀한 힘과 시간을 쓰고 싶지 않아졌다고, 너는 나에게 그럴 만한 가치가 전혀 없다고, 그동안 나를 망치고 있었던 건 너의 만행이 아니라 너 따위가 나를 망쳤다고 믿고 있던 내 망상이었다고, 말한다. 그리고 "네가 아니었다면 내가 어떻게 백경대가 됐겠니? 그런 의미에서 네 말대로… 넌 정말 소중한 친구야."라고 덧붙인다. 그 순간, 규오의 허상이 무너진다. 중계를 지켜보던 규오는 아무 말도 하지 못하고 두려움에 떨 뿐이다. 지로는 그렇게 자신을 옭아매던 망령에서 벗어나 한 발 더 나아간다. 그리고 행성의 밑바닥에 도착해, 언젠가 등장했던 자신의 허상과 마주하고서는, 약에 중독되어 앙상한 그를(과거의 자신을) 감싸 안으며 말한다.

"네 앞에 놓여 있던 이런저런 미래 중에 날 선택해 줘서 정말 고마워."

우리는 자주 복수를 꿈꾼다. 누군가를 떠올리고는 그가 자신의 삶을 망가뜨렸다고 믿는다. 그러나 그러한 복수심은 자신뿐 아니라 소중한 주변인들을 함께 잡아먹고 만다. 그것은 자기 자신이 아닌 타인을 주체로 두는 삶이고, 가장 보고 싶지 않은 이를 삶의 주인으로 초대하는 일이다. 그러한 자기학대를 스스로 벌일 필요는 없다. 오히려 삶에서 그를 완전히 몰아내는 것이 진정한 복수가 된다. 지로 역시 그것을 깨닫고부터 규오를 향한 복수심에서 벗어난다.

그저 '서로 다른 인간'이었을 뿐인 나와 선배의 관계를 지로와 규오의 그것으로 비교하기에는 민망하다. 그에게 복수를 꿈꾸어 본 바도 없다. 그러나 그를 완전히 잊었다고 생각한 지금도, 나는 소설이나 영화를 선택하는 간단한 일에서조차 종종 그를 떠올리고 있었다. L은 나에게 거기에서 벗어나면 좋겠다고 했고, 나는 그러겠다고 답했다.

고백, 손짓, 연결

이제는 굳이 그를 내 삶의 무엇과도 엮어 내지 않으려 한다. 지로의 말을 빌리자면 "당신 덕분에 대학을 그만둘 용기를 조금 더 얻었어, 그래서 고마워." 하고 마지막 인사를 전하고 싶다.

내 앞에 놓인 이런저런 미래 중에서, 나는 자기 자신을 선택하기로 한다. '그' 역시 그러하기를 바란다. 그리고 타인에게 상처 받은 우리들 모두 마찬가지다. 지로가 그랬듯 타인을 향한 복수심에 소진할 에너지를 온전히 나를 가꾸는 데 쓸 수 있어야 한다. 그러다 보면 어느 날, 초라한 과거의 나와 대면하며 "나를 선택해 주어 고맙다."고 따뜻하게 말할 수 있을 것이다. 그렇게 조금 더 삶의 주인이 되는 것으로, 진정한 복수를 이룰 수 있다고 믿는다.

"그동안 나를 망치고 있었던 건
네 만행이 아니라 너 따위가
날 망쳤다고 믿고 있던 내 망상…
네가 아니었다면…
내가 어떻게 백경대가 됐겠니?"

●⟨덴마⟩ 중에서

우리는 10대나 20대,
가슴 벅차게 꿈꾸던 그 무엇을
어느 깊숙한 곳에 간직한 채
묻어두기도 한다.
정대만은 용기를 냈고
그 진심은 그 자리에 선 모두에게
그대로 가서 닿았다.

／ 슬램덩크

작가 이노우에 다케히코, 1990년부터 1996년까지 일본의 주간 만화잡지 〈소년
점프〉에 연재되었다. 연재 초기에는 학원청춘물에 가까웠으나 전국대회 예선
전부터는 연애와 농구의 비중이 비슷해지더니, 나중에는 정말로 농구만화가 되
었다. 1970년대부터 1980년대생의 남성들에게는 절대적인 지지를 받는 작품이
다. 1990년대 초반에 방영된 드라마 〈마지막 승부〉와 더불어 농구 열풍을 일으
켰다. 〈피구왕 통키〉의 통키와 〈축구왕 슛돌이〉의 슛돌이가 각각 피구와 축구의
르네상스를 불러왔지만 그 여파가 가장 오래간 것은 아무래도 『슬램덩크』였다.

선생님,
논문이 쓰고 싶어요

대학원 석사과정생 시절, 모든 것을 내려놓고 싶었던 어느 날이 있었다. 당장 해야 할 발제도 읽어야 할 자료도 많았다. 그에 더해 선배들과 어떻게 하면 잘 지낼 수 있을까, 내일 8시 30분까지 출근해 학과사무실 문을 열어야 하는데 참 싫다, 카드값이 10일째 밀렸는데 신용도가 얼마나 떨어졌을까, 하는 쓸데없는 걱정도 그날따라 크게 다가왔다. 발제문을 쓰다가 싸이월드 다이어리에 "공부가 재미있을 줄 알았는데 재미가 없다. 그런데 지금 그만둘 수도 없잖아." 하는 내용을 쓰고는 노트북을 덮었다. 2000년대 후반, 싸이월드가 지금의 페이스북보다도 더 영향력이 있던 시절이었다.

사실 '그만둘까' 하는 생각을 석사과정과 박사과정을 합친 8학기 동안 적어도 열 번 넘게 했던 것 같다. 어쩌면 하나의 발제문을 쓸 때마다 열 번씩의 후회를 했는지도 모르겠다. 자신의 부족함으로 인해 발제문에 제대로 한 줄 보태지도 못한 채 새벽을 하얗게 지새워 본 대학원생이라면 이해할 것이다. 그렇게 꾸역꾸역 쓴 발제문을 가지고 수업에 들어갈 때의 민망함, 발제 후 질의 시간에 받는 비판과 격려들, 그래서 후줄근한 마음, 좋아서든 부끄러워서든 마시게 되는 술 한 잔, 그때의 감정들이 10년 가까이 지난 지금도 종종 떠오른다.

노트북을 덮었던 그날은, 특별히 더 힘들었던 것 같다. 연구실에서 주섬주섬 자료 몇 권을 챙겨서는 집으로 갔다. 침대에 누워서 우울한 마음으로 내가 집어 든 것은 『슬램덩크』였다. 인생의 힘든 순간마다 나는 무의식적으로 그 만화책을 찾았다. 현실을 잊고 싶다기보다는 용기와 위로를 받고 싶어서였

고백, 손짓, 연결

다. 그리고 그날은 결국 울음이 쏟아지고 말았다. 정대만이 안 감독 앞에서 무너지며 "안 선생님… 농구가 하고 싶어요." 하는 모습을 보면서, "교수님… 논문이 쓰고 싶어요." 하고 말하는 나를 동시에 떠올린 것이다. 방황을 겪고 돌아온 정대만과 자료를 독해하지 못해 논문의 진척이 없는 나를 동일시하기는 민망하지만, 그때는 괜히 농구와 논문을 대입시켜 읽고는 울었다. 그러다가 곧 북산고등학교의 전국대회 진출기로 넘어가서 "그래, 나는 할 수 있을 거야. (천재니까.)" 하는 강백호의 근거 없는 자신감에 위로를 얻고는, 잠들어 버렸다. 다음 날 잠에서 깬 나는 아무 일 없었다는 듯 출근해서 학과사무실의 문을 열고, 조교 근무를 서고, 수업에 들어가는 일상을 계속했다.

『슬램덩크』는 나에게 그만큼 특별한 만화책이다. "무인도에 간다면 어느 책을 가져가겠습니까?" 하는 인터뷰 질문을 받고는 "슬램덩크요, 혹시 세 권을 가져가야 한다면 22권부터 24권까지를 가져갈게요." 하고 답한 일도 있다. 북산고와 산왕고의 전국대회 승부를 다룬 그 세 권이라면 무인도에서도 살아갈 위로를 받을 수 있을 것 같기 때문이었다.

1983년생인 나는 초등학교 3학년 때부터 『슬램덩크』를 보면서 자랐다. 어머니 손에 이끌려 간 피아노 학원에 그 만화책이 몇 권 있었다. 음표 그리는 것을 잊고 매일 그것을 보다가 선생님에게 자주 손등을 맞았다. 그래도 몰래 보면서 키득거렸다. 나중에는 〈소년 챔프〉에 연재되는 것을 기다려 매주 조금씩 읽다가 단행본이 나오면 다시 한 번 대여소에서 빌려 보곤 했다. 고등학교 때는 친구들과 농구를 하다가 중요한 순간에 슛을 성공시키고 나면, 종종 주인공 강백호의 명대사를 인용하며 거만한 표정을 짓고는 "왼손은 거들 뿐이지." 하고 말했다. 나뿐 아니라 많은 친구들이 그랬다. 강백호, 정대만, 서태웅, 송태섭, 채치수, 권준호, 윤대협, 황태산, 박경태, 이정환, 신준섭, 홍익현, 김수겸, 정우성, 이명헌, 신현준, 김낙수 등등, 슬램덩크에 등장하는 모두에게는 저마다의 매력적인 스토리가 있었고 '슬램덩크 키즈'들은 그중 어느 누구에게 자신의 삶을 대입하며 빠져들었다.

얼마 전 『빨강머리 앤이 하는 말』의 저자인 백영옥 작가를 만났다. 그가 진행하는 라디오 프로그램에 출연하면서였다. 그런데 내가 『빨강머리 앤』을 제대로 읽은 적이 없는 것처럼, 그

고백, 손짓, 연결

는 『슬램덩크』를 잘 알지 못했다. 그에게 어떻게 설명해야 하나, 하다가 "아, 『슬램덩크』는 30대 남자들의 『빨강머리 앤』이에요!" 하고 말했다. 그렇게 말한 나는, 만족스러웠다. 정말이지 충분한 설명이 된 것 같아서였다. 슬램덩크 키즈는 이제 거의 30대 중반을 넘어섰고 40대에 접어들었다. 점점 식어가는 그들의 가슴을 뛰게 할 만한 공통 분모 중 하나는, 그 세대의 감성을 대변할 수 있는 유력한 무엇은 아마도 『슬램덩크』일 것이라고 나는 믿는다.

실제로 30대 웹툰 작가들이 가장 많이 패러디하는 작품 중 하나가 『슬램덩크』다. 나는 1983년생 동갑내기 작가 조석과 이말년의 작품을 거의 챙겨 보는데, 그들 역시 자신의 대표작 곳곳에 『슬램덩크』의 장면과 대사를 패러디해 넣었다. 특히 조석은 〈마음의 소리〉 900화 특집에서 『슬램덩크』를 보며 만화가의 꿈을 키웠다고 밝히기도 했다. "아버지의 영광의 순간은 언제였나요, 나는 지금입니다."(181화) 하는 것부터 시작해, 전국대회의 마지막 사진을 "거짓말처럼 내리 3번 집을 털렸다."(833화)는 대사와 함께 넣는다거나, 서사 전체를 『슬램덩크』의 여러 순간으로 구성해 냈다(908화). 이말년은 〈이말년

시리즈〉에서는 "케 선생님, 영웅이 되고 싶어요."(73화) 하는 것으로, 〈이말년 서유기〉에서는 "보고 있나 재중 군, 자넬 능가하는 뛰어난 인재가 여기 있네…!"(8화) 하는 회상 신을 넣는 것 등으로, 『슬램덩크』를 패러디했다.

　나를 비롯한 슬램덩크 키즈들은 이제 어느덧 자신의 의지와는 별로 상관없이 사회라는 코트에 섰다. 강백호처럼 좋아하는 여학생을 따라온 것도 아닌데, 채치수처럼 전국 제패의 꿈이 있었던 것도 아닌데, 서태웅처럼 화려한 플레이어도 못되는데, 손에는 이미 농구공이 들려 있고 버저비터는 몇 초 남지 않았다. 패스할 곳도 보이지 않고 별로 자신 없는 슛을 쏴야 한다. 나는 그때 잠시 '타임'을 부르고, 『슬램덩크』를 다시 펴는 것이다. 논문 심사를 앞두고 위로 받고 싶을 때, 사랑하는 이에게 고백을 하고 가슴이 진정되지 않을 때, 괜히 모든 것을 놓아 버리고 싶을 때, 그런 인생의 어느 순간마다 『슬램덩크』를 곁에 두고 읽었다. 몹시 복잡한 심정이 되었던 결혼식 전날 밤에도 나는 강백호와 정대만의 서사를 다시 한 번 쭉 따라갔다. 위로, 진정, 망각, 어떤 감정을 기대했기 때문이었는지는 나도 잘 모르겠다.

고백, 손짓, 연결

지금도 정대만을 보며 울었던 '그날'이 종종 떠오른다. 정대만은 주인공인 강백호보다 많은 팬을 보유한 매력적인 캐릭터다. 시합의 주요 고비마다 3점슛을 터뜨리며 '불꽃 남자'로서의 존재감을 보이는 그는 보는 이의 가슴을 뛰게 만든다. 그러나 "농구가 하고 싶어요." 하는 말과 함께 안 선생님 앞에서 무릎 꿇은 그의 모습이, 역시 『슬램덩크』의 가장 명장면 중 하나다. 그 한마디를 하기 위해 그는 많은 길을 돌아와야 했다.

　　무엇이 좋다, 하고 싶다, 라는 말은 사실 쉽게 나오지 않는다. 우리는 10대나 20대, 가슴 벅차게 꿈꾸던 그 무엇을 어느 깊숙한 곳에 간직한 채 묻어두기도 한다. 정대만은 용기를 냈고 그 진심은 그 자리에 선 모두에게 그대로 가서 닿았다. 그 장면이 더욱 가슴에 남는 것은, 정대만의 고백을 그저 지긋이 바라보는 것만으로 아무런 질책 없이 받아들여 주는 '안 선생님'과 같은 어른이 있기 때문이다. 용기 내어 무엇이 좋다고 고백하더라도, 그것을 좋아하면 안 되는 이유를 설명하거나 그 말을 꺼내기까지의 과정을 문제 삼는 이들을 우리는 주변에서 아주 많이 보아 왔다. 안 선생님은 그때 "자네는 학칙을 어겼기 때문에 받아줄 수 없어."라고 말할 수도 있었지만 다시 돌아온 그를 말 없이 따뜻하게 안아 주었다. 그 역시 많은 용기가 필요한 일이다. 정대만과 안 선생님의 모습은, 쉽게 고백하지 못하는 평범한 우리들에게 하나의 감동으로 다가온다.

나는 계속 『슬램덩크』를 읽는다. 읽어야 할 '그날'들이 더욱 많아질 것만 같다. 그러나 그때마다 슬램덩크의 무수한 캐릭터들이 각자의 방식으로 나를 위로하고 응원해 줄 것이다.

고백, 손짓, 연결

'소확행'이 말처럼
간단하지 않다는 것을,
삶을 여행하는 일은
결국 내면의 무수한 자신들과
끊임없이 대화하는 일이라는 것을
오오츠키는 보여준다.
현재를 포기하고
행복할 수 있는 사람은,
없는 법이다.

/ 일일외출록 반장

스토리 작가 하기와라 텐세이, 2016년부터 일본의 주간 만화 잡지 〈영매거진〉
에 연재되고 있다. 『도박묵시록 카이지』의 스핀오프 작품이다. 주인공 오오츠키
는 맛집을 찾을 때마다 마치 '셜록'처럼 치밀한 모습을 보이고, 만족감 높은 한
끼 식사를 해내는 그에게 많은 이들이 대리만족을 느끼게 된다. 언젠가 일본에
여행을 가게 된다면 오오츠키가 갔던 비슷한 식당을 찾아 "정답이군, 정답이야."
하면서 맛있게 먹어 보고 싶다.

간단하지 않은
'소확행'

서른여섯이 되도록 아직 여행을 가 본 일이 거의 없다. 어쩌다 가게 된 여행이란 나에게 잘 버티다가 집으로 돌아가는 것, 그 이상의 무엇이 아니었다. 어린 시절부터 부모님이 여행을 가자고 말하면 "그 돈으로 집에서 짜장면 시켜 먹어요." 하고 말했다고 하고, 학생 시절에 수련회나 M.T를 가면서는 버스에서 2박 3일 동안 내리지 않고 집으로 돌아가면 좋겠다고 기도하기도 했다. 버스나 기차에서 눈을 감고 있는 몇 시간이 대개는 그 여행에서의 가장 좋은 기억이었다. 대학원생이 되어 독립하고서도 여행은 여전히 삶의 선택지가 아니었다. 공부하느라 바빴다고 하면 민망한 핑계가 될 테고, 길에 돈을 버리는 의미 없는 일처럼 느껴졌기 때문이다. 심지어 제주도로 신혼여행을 가서도 '집엔 언제 가지…' 하는 심정이었다. 그런 종류의 인간이었으니, 삶을 여행한다는 감각 비슷한 것조차도 별로 없었다.

만화 〈일일외출록 반장〉의 주인공 오오츠키는 나와는 다른 태도로 삶을 살아간다. 그는 '생활여행자'로 명명될 만하다. 우선 오오츠키라고 하면 생소하고, 〈도박묵시록 카이지〉에 등장하는 'E반 반장'이라고 하면 기억할 만한 이들이 많을지도 모르겠다. 카이지가 도박 빚을 변제하기 위해 지하의 강제노동시설에 들어갔을 때 만나서 도박을 벌이는 인물이 바로 오오츠키다. 만화에서는 카이지가 오오츠키를 파산(파멸)시키는 것으로 그의 서사가 종결되지만 〈일일외출록 반장〉에서는 카이지를 만나기 이전의 오오츠키의 삶이 조명된다. 말하자면 스핀오프작, 기존의 작품에서 등장인물이나 설정을 그대로 가져와 새로운 이야기를 만들어 낸 것이다. '악마적 재미', '압도적 유쾌함' 등으로 평가 받고 있는 이 작품의 재미는, 그 주인

38

공 오오츠키가 거의 홀로 견인해 낸다.

오오츠키 역시 빚을 변제하기 위해 강제노동시설에 감금된 처지이지만, 그 안에서 반장이라는 직책을 맡았다. 말하자면 노동자들을 관리하는 '중간관리자' 정도 되는 역할이다. 그래서 각종 특혜를 누리는 것은 물론 여러 이권에도 개입한다. 특히 일주일에 한 번 주사위 도박장을 열 권한도 가지고 있는데, 사기도박을 벌여서 지하시설의 돈을 긁어모은다. 그렇게 모은 돈으로 그는 노동장려 옵션인 '일일외출권'을 산다. 바깥 세계로 24시간 동안 외출할 수 있는 권한을 50만 페리카를 (지하 노동자의 몇 달치 월급에 해당하는 돈을) 내고 사는 것이다. 〈일일외출록 반장〉은 오오츠키의 일일외출에 대한 기록이다.

감금되어 노동하던 사람에게 하루 동안의 자유가 주어진다면, 그것은 엄청난 해방감으로 다가올 것이다. 외출자를 감시하는 '검은 양복'들은 그들을 두고 "대부분이 약간에 불과한 시간마저 허비하고 싶지 않아 허둥지둥하다가 질주. 파친코나 캬바클럽, 술, 고기, 여자!"라고, 그 일반적인 모습을 표현한다. 단순히 비교해서는 안 되겠지만, 나는 군 복무 시절에 주어진

3박 4일의 첫 휴가를 잊을 수 없다. 부대를 빠져나오자마자 뛰다시피 터미널로 갔고, 근처 패스트푸드점에서 햄버거를 3개나 사서 그 자리에서 다 먹었다. 곧 PC방에 가서 가장 편한 자세로 앉아서 입대 전부터 하던 〈프리스타일〉이라는 농구 게임을 했고 저녁에는 오랜 친구와 단골술집에 가서 스페셜 튀김 안주를 시켜 놓고는 양껏 먹었다. 그렇게 먹고, 게임하고, 술을 마시는 데 꼬박 시간을 보냈다. 복귀하는 날에 찾아온 우울감은, 글을 써서 밥을 먹고 살게 된 지금도 표현해 낼 길이 별로 없다.

누구나 감금된 삶을 원하지 않고, 어쩌다가 시간제 자유가 주어지면 그 안에서 욕망을 발산시키기 위해 애쓴다. 그러나 오오츠키는 다르다. 그는 담배를 한 대 피우면서 공원에 앉아 잡지를 읽거나 낮잠을 자기도 하고, 옷에 묻은 보풀을 꼼꼼히 떼어내기도 한다. 소중한 시간을 저렇게 보내도 되나, 하고 답답할 지경이다. 함께 외출을 나온 동료 누마카와가 어서 움직이자고 조급해하자 오오츠키는 벤치에 놓여 있던 잡지를 내밀면서 "일일외출을 만끽하려면 먼저 조급해하지 말 것, 마음의 여유를 가지는 게 가장 중요해." 하고 말한다. 둘은 1시간 넘게 잡지를 탐독하고는 정답게 웃으며 만화 얘기를 나눈다. 해가 지고서야 식당으로 자리를 옮긴 둘은 무엇을 먹을까 고민하고, 누마카와가 "모처럼이니 제일 비싼 생선회 모듬을…" 하고 제안한다. 그러나 오오츠키는 그의 어설픔을 지적하며 "지금 넌 밖에 나온 흥분으로 진짜 먹고 싶은 걸 놓치고 있어, 최근 지하 음식은 퍼석퍼석한 생선구이가 계속 나왔으니까 튀김이려나, 그것도 육류 튀김, 네 고향은 규슈의 미야자키니까 네가 먹고 싶은 건 바로 치킨 난반이야." 하고 말한다.

오오츠키는 지하에서든 지상에서든 '오오츠키로서' 살아간다. 그는 장소에 구애 받지 않고 일상을 여행한다. 자신이 무엇을 하고 싶은지 스스로에게 묻고, 치열하게 고민하고, 할 수 있는 최선의 선택을 한다. 타인이나 공간의 분위기에 휘둘리지 않고 자신의 경험과 분석에 따라 움직인다. 그래서 그의 일일 외출은 마치 일상처럼 잔잔하지만 본인에게는 최대의 만족을 주는 것으로 귀결된다. 지하로 돌아가서도 그는 그러한 태도를 견지하는데, 마치 지하로 일일외출을 나온 것처럼도 보인다. 그런 모습에는 그를 감시하던 검은 양복들조차 매료된다. 일일 외출을 나와서도 여전히 자신의 품격을 유지해 나가는 데 감탄하고, 그와 함께 식사를 하거나 술을 마시며 즐기기도 한다.

한 가지 에피소드를 소개하자면, 외출을 나온 오오츠키는
점심 식사를 앞두고 좋은 양복을 한 벌 구입한다. 검은 양복들
은 그가 번듯한 모습이 아니면 못 들어갈 만한 고급 음식점에
서의 한 끼를 노리고 있다고 짐작한다. 그러나 그는 '서서 먹
는 소바집', 샐러리맨이 애용하는 평범한 가게에 들어간다. 거
기는 마치 전쟁터와 같아서, 모두가 서서 급히 소바를 먹는 가
운데 주문을 받는 주인도 정신없이 바쁘다. 오오츠키는 비어
있는 테이블에 느긋하게 앉아서 크로켓과 야채튀김과 새우튀
김을 시키고, 시금치에 반숙을 올려 줄 수 있는지 묻는다. 그
런 여유를 보이는 그에게 몇몇의 이목이 집중된다. 오오츠키
는 그런 그들을 비웃기라도 하듯 생맥주를 한 잔 추가하고, 그
것이 큰 잔에 담겨 나오자 재킷을 벗고는 정말 맛있게 마신다.
주변의 모두가 그를 보며 침을 삼킨다. 누군가가 참지 못하고
"나도 생맥주 하나…" 하고 말하자 옆에서 그의 상사가 "멍청
아! 아직 남았어 외근!" 하고 그에게 면박을 준다. 그런 모습을
지켜보던 오오츠키는 "생맥주 큰 잔으로 한 잔 더!" 하고 외친
다. 모두는 "크윽…" 하는 신음 소리를 내며 자신들의 소바를

먹는다. 양복을 입은 그는 대낮부터 술을 마셔도 되는 회사의 중역처럼 보이고, 순식간에 그 가게의 왕으로 군림하게 되는 것이다. 이 역시 그에게는 철저히 계산된 하나의 여행이다.

오오츠키가 지하에서 모은 돈으로 빚을 갚지 않고 그처럼 외출권을 사는 이유는, 아마도 현재의 삶을 즐기고 있기 때문일 것이다. 실제로 지하에서 그는 꽤 괜찮은 권력을 가지고 있다. 거기에 머무르는 편이 지상에서 살게 될 밑바닥의 삶보다 나을지 모른다. 물론 사기도박으로 동료들을 기만하는 그의 삶은 제대로 된 것이 아니다. 그러나 지하에서든 지상에서든 온전한 자기 자신을 잃지 않고 지내는, 특히 일상을 여행하는 그의 태도만큼은 배워야 할 가치가 있다. 말하자면 이것은 '소확행' 같은 것이다. "작지만 확실한 행복", 일본의 소설가 무라카미 하루키가 즐긴다는 "새로 산 정결한 면 냄새가 풍기는 하얀 셔츠를 머리에서부터 뒤집어 쓸 때의 기분"을 오오츠키는 정확히 알고 있다.

오오츠키는 자신을 지하에 떨어지게 만든 어두운 과거에 현재를 함몰시키지 않는다. 원대한 미래를 꿈꾸며 현재를 희생하지도 않는다. 대신 곧 현재가 될 가장 가까운 미래에 확실히 행복할 수 있도록 노력한다. 흔히 말하는 '노오력' 같은 것이 아니라, 정말이지 자기 자신을 위한 소박한 범위 안에서 노력한다. 나는 오늘 무엇이 먹고 싶어질까, 오늘의 나는 카페의 창가의 자리를 원하는 나일까 벽을 등지고 앉은 자리를 원하는 나일까, 저렴하면서도 소독약 냄새 같은 것이 나지 않는 정갈한 가성비가 좋은 오늘의 숙소는 어디일까, 하고 고민하는 것이다. 그러지 않으면 그때그때 눈에 보이는, 거짓으로 포장된 그 선택들에 강요당하기가 쉽다. '소확행'이 말처럼 간단하지 않다는 것을, 삶을 여행하는 일은 결국 내면의 무수한 자신들과의 끊임없는 대화로만 가능하다는 것을 오오츠키는 보여준다. 현재를 포기하고 행복할 수 있는 사람은 없고, 원대한 삶의 목표보다도 현재와 가까운 미래를 확실하게 계획하는 편이한 개인의 확실한 행복을 담보하는 법이다.

얼마 전, 나는 일본으로 가기 위한 비행기표를 예약했다.[*] 첫 해외여행지로 굳이 후쿠오카를 선택한 것은 아마도 오오츠키 때문이다. 노르망디해변과 알프스에도 가보고 싶었지만, 유럽에 가는 건 달나라에 가는 것과 다르지 않게 생각되기도 했

고백, 손짓, 연결

고, 무엇보다도 오오츠키의 일상을 따라가 보고 싶었다. 일본의 어느 작은 술집에 들어가서 그가 먹던 방어회라든가 치킨난반을 생맥주와 함께 먹어 보려고 한다. 왠지 메뉴판을 보고 있자면 오오츠키가 옆에 앉아서 "네가 무엇을 하고 싶은지 마음을 가라앉히고 스스로에게 물어봐. 정답이 나올 거야." 하고 예의 그 악마적인 미소를 보낼 것만 같다. 나를 위해 잘 쉬고 돌아오고 싶다. 그리고 후쿠오카에서든 서울에서든, 작지만 확실한 행복을 위해서, 나 스스로에게 조금 더 많이 묻고 답해야겠다. 내가 무엇을 원하고 있는지, 행복해지기 위해서 어떻게 해야 하는지는 결국 나만이 알고 있는 것이다.

● 가지 못하게 되어 이름이 같은 누군가에게 양도했고 그것은 2017년 12월에 '김민섭 씨 후쿠오카 보내기 프로젝트'라는 이름으로 여기저기에 소개되기도 했다.

1장 고백하다

"일일외출을 만끽하려면 먼저 조급해하지 말 것,
마음의 여유를 가지는 게 가장 중요해.
네가 무엇을 하고 싶은지 마음을 가라앉히고
스스로에게 물어봐. 정답이 나올 거야."

●『일일외출록 반장』 중에서

타인과 관계 맺고
살아가는 모든 인간은,
언젠가는 누군가를
설득하기 위한 간절한 글쓰기를
해야만 한다.

/ **미생**

작가 윤태호. 2012년 1월 17일부터 2013년 7월 19일까지 '다음 만화속세상'에
1부가 연재되었고, 2015년 11월 10일부터 2부가 연재되고 있다. 1부에서는 인
턴사원 장그래가 살아남기 위해 고군분투하고 성장해 나가는 모습을 그려 냈
다. 이것이 사회초년생들은 물론 기성세대의 향수까지도 자극했다. 특히 "아프
니까 청춘이다."라는 자기계발의 수사와도 맞물리면서 시대를 대표하는 만화로
자리매김했다. 출간 타이밍이 무척 좋았던 작품으로, 기억하고 있다.

완생으로 나아가기 위한 글쓰기

박사과정생 시절의 첫 논문은, 완성하는 데 6개월 가까이 걸렸다. A4용지 20여 쪽 분량의 논문을 쓰기 위해 내 앉은키만큼의 책을 읽었고 1910년대에 나온 신문과 잡지 5년 치를 꼼꼼히 훑었다. 연구실에서 밤을 새는 일도 많았다. 학과사무실의 소파 위에 누워 자고 있으면 다음 날 아침에 대학원생 조교들이 와서 깨우곤 했다. 그러니까 논문이라는 글쓰기는 온전히 내 '노오력'의 산물이었다.

논문을 학회에 제출하기 전에 선배와 지도교수께 보이는 것이 관례였기에 완성된 논문을 들고 선배 교수의 연구실을 찾았다. 나는 학회 심사에서 '게재' 판정을 받을 자신이 있었다. 선배가 이런 훌륭한 논문을 쓰다니 네가 무척 자랑스럽다, 하고 말하면 어떤 표정을 지어야 할지에 대해서도 미리 고민했다. 내가 믿었던 것은 아마도 연구실에서 보낸 나의 '시간'이었다. 논문을 책상 위에 올려 두고 온 지 30분 만에, 선배의 호출이 왔다. 설레는 맘으로 그의 연구실을 다시 찾았다. 그는 그런 나에게 논문을 내밀었다. 첫 페이지의 어느 단어에 붉은 동그라미가 선명했다. 그의 첫 마디는 "너는 너의 논문에 스스로 설득이 됐니?" 하는 것이었다. 예상하지 못한 반응에 어떤 표정을 지어야 할지 당황스러웠다. 내가 대답이 없자 그는 "그 동그라미 쳐 둔 단어에 대해 좀 설명해 줄 수 있겠니?" 하고 재차 물었다. 읽어 보았으나 그 개념과 의미에 대해 쉽게 말을 꺼낼 수 없었다. 심지어 내가 왜 이런 단어와 문장을 썼을까, 나에게 다시 묻고 싶은 심정이었다. 선배는 "너 스스로 설득이 안 된 논문에 무슨 가치가 있겠니?" 하고 말했고, 나는 "죄송합니다, 더 공부하겠습니다." 하고는 도망치듯 자리를 피했다.

고백, 손짓, 연결

연구실에 돌아와 한참을 멍하니 앉아 있었다. 6개월의 시간이 부정당한 것 같아서 서글펐고, 어디론가 사라지고 싶었다. 처음에는 선배 교수가 밉다가 나중에는 제대로 된 글을 쓰지 못하는 내가 미워서 견딜 수가 없었다. 이럴 때면 적성에 맞지 않는 공부를 괜히 선택해서 스스로를 힘들게 하는 게 아닌가, 하고 끝없이 우울해지곤 한다. 그러다가 억지로라도 기분을 끌어올리지 않으면 안 되겠다 싶어서, 컴퓨터의 전원을 켰다. 그리고 그날 나온 웹툰을 뒤적거리기 시작했다. 논문을 쓰는 동안 웹툰을 보는 일은 거의 유일한 '낙'이었다. 그날은 마침 〈미생〉의 연재 날이었다. 주인공 '장그래'의 삶을 나에게 이입하며 대학원생의 시간을 억지로 버텨 나가곤 했기에, 당시의 우울함을 이겨 내기에 꼭 맞았다. 그의 대기업 인턴 생활과 나의 대학원생 조교 생활은 여기저기 끼워 맞추다 보면 닮은 데가 많았다.

스크롤을 획획, 내리다가 어떤 대사와 맞닥뜨렸다. "기획서나 보고서를 쓰는 이유가 뭘까요?" 말하자면 '글쓰기의 이유'에 대해 누군가 물었다. 장그래의 상사는 다음과 같은 세 가지 이유를 들었다.

1. 설득해야 하니까

2. 여러 사람을 설득해야 하니까

3. 계속 여러 사람을 설득해야 하니까

'설득', 선배에게 들었던 단어와 다시 한 번 마주했다. 이상한 날이었다. 그동안 그 누구도 글쓰기를 하는 이유에 대해 나에게 말해주지 않았다. 오랜 시간 동안 글쓰기를 해 왔음에도 불구하고, 내가 이 행위를 왜 하고 있는가에 대해 자의로든 타의로든 사유해 본 바가 없었던 것이다. 그래서 나는 몹시 복잡한 심정으로, 이전보다 훨씬 천천히 스크롤을 내렸다.

장그래는 바둑을 두던 연습생 시절을 회상했다. 그는 자신이 둔 수에 대해 설명해달라는 요청에 "요즘 연구생들끼리 자주 두는 수입니다." 하고 답한다. 그러자 지도 교사는 "어차피한 판의 바둑이라지만 바둑을 업으로 삼을 사람으로서 연구가덜 된 수를 실전에서, 그것도 연구생 리그에서 쓴다는 게 말이되느냔 말이다. 너조차 설득이 안 된 수에 상대가 어떻게 반응하겠어?" 하고 묻는다. 그 부분에서 결국, 눈물이 쏟아지고 말았다. 한 편의 논문이라지만, 글쓰기를 업으로 삼겠다는 한 인

고백, 손짓, 연결

간이 스스로 설득되지 않은 단어를, 문장을, 그 무엇을 써 낸 것이 너무나 부끄러웠기 때문이다.

그러고 보면, 글쓰기는 온전히 설득의 행위였다. 내 인생의 가장 간절한 순간마다 '글쓰기'가 있었고, 그것은 타인을 설득하기 위해 이루어졌다. 초등학생 시절의 반성문부터 시작해 대학 입학을 위한 논술, 진학이나 취업을 위한 자기소개서, 진급을 위한 기획서까지, 돌이켜 보면 우리 모두는 설득을 위한 간절한 글쓰기를 해 왔다. 수업 시간 중 학생들에게 '간절한 글쓰기'에 대해 물었더니 누군가는 '고소장'을 쓸 때가 가장 그러했노라고 답했다. 판사님을 설득하기 위해 열과 성을 다했다고 해서, 모두가 크게 웃었다. 어느 학생이 나에게 그러면 교수님은 어느 글쓰기가 가장 간절했습니까, 하고 물었다. 나는 잠시 고민하다가 "퇴직한 아버지를 위해 썼던 편지"라고 답했다. 그간 못난 아들을 부양해 온 아버지께 어떻게든 감사의 마음을 전하고 싶어서, 정말이지 간절하게 썼다. 그 편지는 첫 아이의 돌잔치 때 읽어드렸다.

"계속 여러 사람을 설득해야 하니까."라는 말은, 우리의 삶이 설득의 연속으로 이루어져 있음을 의미한다. 타인과 관계 맺고 살아가는 모든 인간은, 언젠가는 누군가를 설득하기 위한 간절한 글쓰기를 해야만 한다. 그것은 곧 타인의 처지에 깊이 공감하고, 그의 처지에서 사유하는 일과도 다르지 않다. 스스로 먼저 설득되어야 한다는 말 역시, 자기 자신이 더욱 중요하다는 의미가 아니다. 설득해야 할 타인의 입장에 서 보는 일은 글쓰기의 핵심이 된다.

글쓰기는 타인을 대하는 태도를 근본적으로 변화시킬 수 있다. 자기 자신과 타인을 동시에 주체로 두고 사유할 수 있는 실천적 행위이기 때문이다. 단순한 문자의 배열을 넘어 '소통'으로 우리를 이끈다. 〈미생〉의 작가 윤태호는 우리가 타인을 설득하기 위한 삶을 끊임없이 살아왔고, 또한 살아가야 한다는 것을 잘 알고 있는 인물이다. 그렇기에 〈미생〉은 시대를 설득하는 서사가 될 수 있었다.

나는 연구실에서 〈미생〉을 보며 울었던 그날, 언젠가 학생들에게 글쓰기를 가르치게 된다면 〈미생〉의 39번째 에피소드를 반드시 함께 보고자 마음먹었다. 그리고 2013년에 첫 번째

고백, 손짓, 연결

제자들과 만난 이래 그 다짐을 계속해서 지켜 왔다. 이제 대학에서 나온 지금, 더 이상 그 약속을 지키기는 물리적으로 어려워졌다. 그러나 대학 바깥의 그 어느 강의실에서든 '미생의 글쓰기'를 함께 나누고 싶다. 글쓰기 강의를 할 기회가 있다면 미생의 서사와 함께할 것이다.

나는 당신을, 당신은 나를, 그리고 모두는 스스로를 설득하며 살아갈 수밖에 없기에, 글쓰기는 영원히 계속된다. 아마도 언제까지고 완전하지 못한 미생일 것이다. 그래서 나는 '글쓰기'를 한다. 나의 온전히 못 한 삶이 글쓰기를 통해 '완생'으로 나아갈 수 있기를 바란다.

우리는 '사과의 시대'를 살고 있다.
하지만 동시에 사과에 목말라 있다.
나 역시 '미안'과 '죄송'의 수사가 없는
자기 보호를 위한 사과만 해 온 인간이고,
사랑하는 이들에게
제대로 사과해 본 기억이 별로 없다.

/ 웃지 않는 개그반

작가 현용민, 2012년 9월 13일부터 2017년 9월까지 네이버에 연재되었다. "미친 예술고 개그반에 저주가 내려졌다!"라는 공식 소개처럼, 초기에는 참신한 소재로 큰 인기를 얻었다. 특히 작가 현용민은 특유의 작법으로 인물의 표정을 섬세하게 그려 내는데 그것이 '웃으면 사망'이라는 작품의 설정과도 잘 맞아떨어졌다. 그러나 동일한 서사가 반복되고 전개가 느려지며 독자들에게 외면받기 시작했고, 다소 아쉽게 연재가 종료되었다.

미안과 죄송이 없는
사과

대학에서 강의하던 때, 단 한 번 늦잠을 잔 일이 있다. 오전 9시 수업이었는데 침대에서 눈을 떠 보니 9시였다. 꿈인가 싶어 멍하니 있다가 이내 정신이 들었다. 일어나서 세수를 하고, 면도를 하고, 옷을 입고, 가방을 챙겨서 뛰어나오는 데까지 5분이 채 걸리지 않았다. 차에 타서 시동을 걸고는 반장에게 "30분 정도 늦을 것 같습니다. 공지를 부탁합니다." 하는 문자를 보냈다. 그러고는 정신없이 액셀을 밟다가, 학교가 가까워 오자 그

제서야 슬슬 걱정이 되기 시작했다. "학생들에게 무어라 말해야 하지?"

사실 간밤에 마신 술 때문이었다. 어느 모임에서 거절할 수 없는 술자리가 마련되었고 새벽까지 그들과 함께했다. 그래도 학생들에게 "술 때문입니다."라고 할 수는 없었다. 그러면 학생들이 나를 어떤 인간으로 볼까, 하는 걱정도 되었고 혹시 학과장이나 선배 강사들의 귀에 그런 소식이 들어가기라도 하면 더욱 끔찍할 것이었다. 책임감이 없다는 평판은 둘째 치고 다음 학기 강사 선정이 어려워질 수도 있는 일이다. 그래서 나는 "오는 길에 사고가 났다고 할까?" 아니면 "자동차 기름이 떨어져 보험을 불렀다고 할까?" 하고 오만 가지 핑계를 상상해 냈다.

그런데, 그러다가 문득 부끄러워졌다. 내가 하려는 것은 사과가 아닌 변명이었다. 당장을 수습하는 데는 도움이 되겠지만, 그 이후 강의실에서 당당하게 학생들과 마주할 수 있을지 생각해 보니 자신이 없었다. 그래서 솔직하게 이야기하고 용서를 구하기로 했다. 그러니까 '사과'를 하자고 마음먹었다.

고백, 손짓, 연결

네이버에서 연재되는 웹툰 〈웃지 않는 개그반〉은 사과해야 할 주체들을 한 공간에 모아 둔다. 왕따를 당한 학생의 원혼이 교실에 저주를 걸어 3박 4일 동안 그 누구도 나가지 못하게 한다는 독특한 설정을 기반으로 한 작품이다. 웃으면 원혼에게 린치를 당하게 되는데 흑인이 백인으로 변한다거나, 얼굴이 사슴처럼 변한다거나, 수염이 자란다거나, 하는 것들이다. 그것을 보고 따라 웃으면 그 역시 린치를 당한다. 교실에는 우선 학생들과 담임교사가 있다. 그들은 모두 왕따의 공범이다. 한 학생을 따돌리는 데 직/간접적으로 관여했고, 담임교사역시 그러한 분위기를 감지하면서도 오히려 그를 가혹하게 대했다. 시간이 지나며 각 과목의 담당교사들과 교장까지도 교실에 들어와 저주의 희생양이 된다.

　그러나 교실에서 린치를 당하는 그 누구도 자신들의 잘못을 돌아보지 않는다. 그러한 상황에 놓인 것을 그저 한탄하고분노할 뿐이다. 아무도 진심으로 사과하지 않는다. 왕따를 당한 학생이 교실의 모습을 지켜보고 있으며 스피커를 통해 대화도 가능한 상황이지만 저주를 피하는 데만 모두 힘을 쏟는다. 저주에 빠진 교실은 분명한 '재난'이지만, 그 이전에 한 개인이 더욱 큰 재난에 직면했던 과거를 모두 외면하는 것이다.

특히 학교의 수장이자 책임자인 교장은 처벌, 회피, 생존, 이 세 가지에만 관심을 둔다. "선생님들께서 학생들 케어를 아주 잘하셔서 이런 이벤트가 벌어진 것 아닙니까?"라며 교사들에게 책임을 묻고, "상황만 끝나면 이 일을 만든 원흉… 반드시 찾아내서 아주 인생 끝내 줄 테니까!"라고 '처벌'을 이야기한다. 교사가 저주의 이유를 모르겠다고 말하자 "모르긴 뭘 몰라… 누군가는 알겠지."라며 해당 교사와 학생들을 노려보는데, 모두가 땀을 흘리며 그 눈길을 피한다. 그러나 교장은 직접적인 가해자는 아니더라도, 모두를 대표해 사과해야 할 책임을 가진 존재이다. 왕따를 당한 학생에게 원인 제공자를 찾아 처벌해 주겠다고 장담할 것이 아니라, 우선은 사과를 했어야하는 것이다. 그 역시 처벌 받아야 할 가해자이다. 그러나 그는 무당을 불러 굿을 하는 것으로 사태를 해결하려 한다.

무당은 작두를 타며 원혼을 달랜다. 평소 학생이 좋아했던 치킨을 가져와 썰어 내는 퍼포먼스도 곁들인다. 그러면서 모두에게 저주를 풀고 싶으면 무릎 꿇고 빌라고 말한다. 그제

고백, 손짓, 연결

서야 학생들은 무릎을 꿇고, 교사들은 "당신들은 뭐 용가리 통뼈야?" 하는 말을 듣고서 마지못해 그에 따른다. 무당이 빙의가 된 연기를 시작하자, 곧 스피커에서는 "뭐 하세요? 혼자." 하는 원혼의 비웃음이 들려온다. 난처해진 무당은 "죄 없는 사람들부터 풀어 주고 나랑 다시 얘기하자."고 하는데, 학생은 "내 걱정은 개뿔… 푸힛." 하면서 웃는다. '죄 없는 사람'이라는 규정은 가해자의 언어일 뿐이다. 교실의 모두에게는 죄가 있고 사과해야 할 주체들이지만, 결국 요란한 굿판을 벌이고서도 그 누구도 사과하지 않았다.

사실 '사과'라는 것이 흔한 행위가 되어 버린 시대다. SNS에는 어느 연예인의 사과문이 올라오고, 여러 정치인들이 대중매체를 통해 사과 담화를 발표한다. 그런데 역설적으로 그들에게서 '미안'과 '죄송'의 수사를 듣기란 좀처럼 힘든 일이다. 버티고 버티다가 내어놓는 사과는 듣는 이들을 오히려 분노케 한다. 최순실 국정농단 사태를 두고 한 '대통령의 사과' 역시 그랬다. 그는 "송구스럽게 생각한다."고 했고, "죄송스럽게 생각한다."고 했다. 송구스럽다, 죄송하다, 하고 표현하면 될 것을 "−하게 생각한다."라면서 사과하는 주체를 모호하게 만들었다. 그러니까, 자신을 행위의 주체가 아닌 제3자로 묘사하면서 뒤로 한 발 물러서는 것이다. "국가 경제와 국민의 삶에 도움이 될 것이라는 바람에서 추진된 일"이라는 평계를 더해 당위성의 확보를 이끌어 내려고 했고, "자괴감이 들고 괴롭다."는 표현을 통해 동정에 호소하기도 했다. 이것은 사과가 아니라 변명과 평계이고, 나아가 자기 정당화일 뿐이다. 그는 단 한 번도 온전히 사과하지 않았고 결국 탄핵되어 구치소에 들어갔다.

술을 마시고 늦잠을 자서 30분만큼 강의에 늦었던 그날, 나는 아마도 거의 처음으로 누군가에게 진심으로 사과를 했다. 강의실에서 오랜 시간 나를 기다린 학생들에게 "지각했습니다, 정말 미안합니다." 하고 사과했고, "여기 오는 동안 정말 많은 생각을 했어요. 어떤 평계를 대야 할지요. 그런데 그냥 솔직하게 말할게요. 어제 늦게까지 술을 마셨어요, 그리고 늦잠을 잤습니다." 하고 말했다. 학생들은 일제히 웃음을 터뜨렸다. "여러분께 성실함을 강요하고 오히려 제가 지각을 했어요. 다시는 이런 일이 없도록 하겠습니다. 정말 미안합니다. 오늘은 여러분 마음속으로 저에게 F학점을 주세요." 그렇게 말하고 나는 학생들에게 고개를 숙였다.

고백, 손짓, 연결

그런데 여기저기서 박수 소리가 들려왔다. 고개를 드니 모두가 잔잔하게 웃으며 박수를 치고 있었다. 몇몇이 "괜찮아요, 교수님." 하고 말했고 누군가는 "고맙습니다, 교수님." 하고 말했다. 갑자기 울컥, 눈물이 나려 해서 칠판을 향해 돌아서서 그날의 강의 주제를 적었다. 나는 강의실에서 학생들과 마주하고서야 비로소, 온전히 사과하는 법에 대해 배웠다.

우리는 '사과의 시대'를 살고 있다. 하지만 동시에 사과에 목말라 있다. 나 역시 '미안'과 '죄송'의 수사가 없는 자기 보호를 위한 사과만 해 온 인간이고, 사랑하는 이들에게 제대로 사과해 본 기억이 별로 없다. 〈웃지 않는 개그반〉은 그러한 '재난'에 대한 이야기이다. 그러나 교실에 걸린 3박 4일의 저주는 사실 아무것도 아니다. 우리는 일상에서 이미 더욱 긴 재난을 목도하고 있다. 특수학교 신설을 두고 땅값이 떨어진다며 시위를 하는 지역 주민들이 있고, 월세를 3배 인상하고 제대로 계좌번호도 알려주지 않는 방식으로 세입자를 쫓아낸 건물주가 있다. 대통령이나 연예인이 아니라 무엇보다도 스스로를 돌아보아야 한다. 그 누구도 사과하지 않는 재난의 시대를, 마감해야 하기 때문이다.

"계속들 쳐웃어.
아주 그냥 뒈지고 싶으면!"

●〈웃지 않는 개그반〉 중에서

이 시대의 그 어떤 재난도
제대로 극복되지 않았다.
우리가 손쉬운 방법으로
극복을 말하는 동안,
재난은 여전히 현재진행형이다.

/ 쥐

작가 아트 슈피겔만, 1992년 퓰리처상 수상작이다. 국내에는 1994년에 출간되
었다. 제2차 세계대전 당시 나치가 보인 잔혹함과 함께 유대인이 가진 모순을
그대로 드러낸 작품이다. 이를테면 언제나 약자로 묘사되는 유대인 역시 인종
차별과 이기주의, 각종 혐오를 가지고 있다는 것이다. 실제로 나치보다는 주인
공 블라덱 슈피겔만에게 더욱 분노하며 보게 된다. 그런 점에서 더욱 훌륭한 작
품이겠다.

재난,
그 이후의 시대

그날은 많은 이들이, 아마도 거의 모든 국민들이 하던 일을 멈추고 뉴스 속보를 지켜보았을 것이다. 나 역시 뱃머리가 점차 가라앉는 장면을 가슴 먹먹하게 바라보았다. 국가가 급파했다는 헬기도, 선박도, 그 주변을 맴돌기만 할 뿐 속수무책이었다. 백화점이나 다리가 무너질 수도 있다는 것을 우리는 안다. 하지만 삼풍도, 성수대교도, 이처럼 현재진행형의 재난이 생중계되지는 않았다. 4·16은 이전과는 다른 재난으로 모두의 가슴 속에 남았다. 그런데 뱃머리가 자취를 감추고서는 많은 채널들이 약속이나 한 듯 실종자의 가족들이 모여 있는 체육관으로 카메라를 돌렸다. "사상 최대의 작전"이라고 어느 기자는 명명했지만, 그것은 문구로만 남았다. 지금 우리가 기억하는 것은 점점 사라져 가던 뱃머리와 실종자 가족들의 눈물뿐이다.

세월호는 '재난'이었다. 그런데 우리가 그 재난을 극복하는 방식은 그에 못지않게 참혹했다. 실종자는 그 누구도 가족의 곁으로 돌아오지 못했다. 국가는 무기력했다. 하지만 자신의 한계를 진솔하게 고백하지도 제대로 사과하지도 않았다. 구조할 수 없었다면 함께 울면서 실종자 가족들의 눈물이라도 닦아 주었어야 했다. 그러나 책임을 져야 할 이들은 스스로의 무기력과 불성실을 덮기에만 급급했다. 자신들을 구조하는 데 열을 올렸다. 그러면서 "안타깝게 생각한다."는 사과문을 읽으며 4·16의 제3자로 물러났다. 그 후 많은 이들의 관심사는 보상금은 얼마나 되는지, 배를 인양해야 하는지 하는 자극적인 것으로 옮겨졌다. 어느 교수는 "생각이 없어서 그런 것"이라며 희생자들을 희화화하기도 했다. 그렇게 우리는 재난 이후의 재난을 목도하고 있었다.

고백, 손짓, 연결

만화 『쥐』는 또 다른 재난, '아우슈비츠'에 대한 이야기다. 수용소를 소재로 한 재난의 서사는 많지만, 이 작품은 특별하다. 책의 표지에는 "한 생존자의 이야기: 아버지에게 맺혀 있는 피의 역사"라는 부제가 달렸다. 그러니까, 생존자의 아들이 직접 기록한 것이다. 아우슈비츠가 한 개인(가문)을 어떻게 파괴했는지, 그리고 그다음 세대인 자신이 어떻게 재난 이후의 시대를 살아가고 있는지를 섬세하게 담아냈다. 나치와 수용소의 폭력을 고발하는 데서 한 발 나아가 그것이 다음 세대의 재난을 어떻게 추동하고 있는가에 대해 성찰하게 한다.

나치 정권은 유대인을 증오의 대상으로 삼았고, 그들을 수용소에 강제로 격리시켜 나갔다. 아우슈비츠의 삶은 우리가 익히 알고 있는 바와 같다. 거기에서는 강제 노동, 구타, 학살 등 인간이 인간에게 할 수 있는 온갖 야만이 자행되었다. 만화의 주인공인 블라덱 슈피겔만은 비교적 건강하고 젊었기에 선별 작업에서 매번 살아남아 노동의 공간으로 돌아갔다. 하지만 그러는 동안 쇠약해진 그의 동료들은 대개 가스실에서 생을 마감했다. 이것은 다시 되풀이되지 않아야 할 인류사적 재난이다.

그런데, 『쥐』는 또 다른 재난을 우리 앞에 들이민다. 나에게는 아우슈비츠의 가스실보다도 오히려 그것이 더욱 큰 재난으로 와서 닿았다.

아트 슈피겔만과 그의 아내는 차에 태워달라며 손을 흔드는 흑인에게 호의를 베푼다. 그러는 동안 블라덱 슈피겔만은 그들을 불편하게 바라본다. 흑인이 차에서 내리자 그는 "난 줄곧 저 검둥이가 우리 뒷자리 물건을 훔쳐 가는지 지켜봤단다." 하고 말하고서는 "검둥이는 유대인과 비교할 수도 없어!"라고 덧붙인다. 그 순간 블라덱 슈피겔만을 온전히 인종차별주의의 희생양으로 여기고 있던 많은 독자들은 큰 배신감에 빠진다. 이것은 그의 아들과 며느리 역시 마찬가지였다. 만화에는 드러나 있지 않지만 아트 슈피겔만은 "나치도 유대인 죽여 가면서 똑같은 소리 했겠죠." 하고 대꾸했다고 회고하기도 했다.

작가는 아버지의 삶을 미화하거나 성역화하려 애쓰는 대신, 있는 그대로 내어 보이는 방식을 택했다. 아버지가 일상에서 한 인종차별적 발언을 고백하는 것은 아들로서는 무척 괴로운 일이었으리라 짐작된다. 하지만 인종차별의 피해자가 인

고백, 손짓, 연결

종차별주의자일 수 있다는 이 역설의 지점을 통해, 우리는 나치 정권과 유대인 블라덱 슈피겔만을 단순히 가해자와 피해자로 두는 이분법을 넘어설 수 있다. 나치라는 '괴물'을 탄생시킨 것은 히틀러가 아니라 그에게 지지를 보냈던, 그 시대를 살아갔던 수많은 사람들이었다. 아우슈비츠는 평범한 사람들의 지지, 혹은 외면 속에서 탄생한 재난의 공간이다. 그런데 수용소의 야만을 온몸으로 겪은 인물조차 그 야만이 어디에서 왔는지, 누구에게서 왔는지, 제대로 마주하기 어렵다. 자신이 그와 닮은 괴물이 되어 간다는 것을 인정하기는 어쩌면 더욱 어려운 일이 된다.

한국판 『쥐』의 추천사는 고 신영복 선생께서 썼다. 그는 이 작품이 독자들에게 자신의 과거와 현재를 집필하게 한다고 했다. 그러면서 "많은 인류에게 이러한 극한적인 상황이 재연되고 있는 세기말적 상황"으로 현재를 규정했다. 결국 『쥐』가 내어 보인 것은 과거의 재난이 아닌 재난 이후의 시대를 살아가는 평범한 사람들의 이야기다. 괴물은 과거의 망령으로 존재하는 것이 아니라 현재 우리 주변의 모든 곳에 도사리고 있다.

우리는 재난의 역사를 가슴 아파하는 데서 한 발 나아가, 스스로에게 내재된 괴물과 마주해야 한다. 재난을 더욱 참혹하게 만든 주체가 누구인지, 자신이 그것에 지지를 보내거나 외면하지 않았는지, 그들을 닮아 가고 있는 것은 아닌지 성찰하고 경계해야 한다. 그것은 무너진 건물을 다시 세우고 가라앉은 배를 인양하는 일보다 어렵다. 개인에게는 가혹한 일이 될 수 있다. 하지만 그에 따라 재난 이후의 시대가 결정된다. 그 누구도 쉽게 재난의 극복을 선포해서는 안 된다. 4·16뿐 아니라 이 시대의 그 어떤 재난도 제대로 극복되지 않았다. 우리가 손쉬운 방법으로 극복을 말하는 동안, 재난은 여전히 현재진행형이다.

고백, 손짓, 연결

"검둥이는 유대인과 비교할 수도 없어!"
"나치도 유대인 죽여 가면서 똑같은 소리 했겠죠."

●『쥐』중에서

신문은
그 시대의 아버지들이
확보하고자 했던
가장의 권위만큼이나,
그들의 손아귀에서
언제나 활짝 펼쳐져 있었다.

/ 마음의 소리

작가 조석, 2006년 9월 8일부터 네이버에 연재되고 있다. 10년이 넘는 기간 동안 거의 단 한 번의 휴재도 없이 성실하게 연재해 왔다. (1,000화를 넘기고 3주 동안 쉬겠다고 한 것이 유일하다.) 단순히 성실하기만 한 것이 아니라 계속해서 독자의 요구에 부응하며 스스로 진화해 나간다. 특히 1~4컷에 이르는 짧은 호흡의 서사를 순차적으로 배치해 나가며 하나의 에피소드를 만드는 것은 놀랍다. 나는 그를 '성실한 천재'로 규정할 수밖에 없는데, 이제 1144화에 접어든 〈마음의 소리〉가 언제까지 계속 연재될지 보는 것만으로도 즐거울 것이다.

종이 신문을 읽는
나의 아버지

어린 시절, 매일 새벽마다 '툭' 하는 소리와 함께 종이 신문이
배달되었다. 아침에 일어나 현관문을 열면 언제나 바로 손이
닿을 만한 거리에 회색의 종이 뭉치가 있었다. 비가 오는 날에
는 비닐에 포장된 채로 어떻게든 꾸역꾸역, 언제나 그 자리에
있었다. 집어 들고 나면, 단순한 종이라고 하기에는 부담스러
울 만큼 무거웠다. 그것은 아마도 활자의 무게였는지도 모른
다. 한자로 가득하고, 또 세로쓰기 방식이어서 가독성도 떨어

지는 그 활자들은 저마다 자신의 무게를 과시하고 있었다. 어린 나는 읽기가 힘들었고 읽을 수도 없었다. 윤전기에서 나온 지 얼마 되지 않았을 그것의 냄새는 갓 따낸 과일처럼 싱긋했고 어딘가 고소하기도 했다. 살아서 꿈틀대는 그 종이 뭉치를 들고, 나는 아버지에게 갔다.

종이 신문은 아버지의 것이었다. 신문을 가져가는 동안 나는 그것이 구겨질세라 조심스럽게 그날의 4컷만평을 들추어 보곤 했다. 신문을 훼손할 수 있는 사람은 아버지가 유일했다. 그때 아버지는 대개 화장실에서 볼일을 보았고, 나는 문을 두드려 신문을 전해 주었다. 아침 식사를 하러 올 때도 아버지는 신문을 들고 와서 식탁 앞에 앉았다. 밥을 한 숟갈 먹고, 신문을 보고, 다시 국을 한 숟갈 먹고, 신문을 보았다. 가끔은 한숨 소리가 들리기도 했고, 혀를 차는 소리도 들렸다. 하지만 가족에게 어떤 내용인지 알려 주거나 동의를 구한다거나 하는 일은 거의 없었다.

식사를 마치고 신문을 마저 읽은 아버지는 양복을 입고 나타나서 출근을 했다. 그때 비로소 신문은 다른 가족의 것이 되

　　　　　　　　　　　　　　　　고백, 손짓, 연결

었다. 내가 보는 것은 우선 4컷만평이었고, 그다음에는 TV편성표였고, 마지막이 스포츠난이었다. 〈동아일보〉의 '나대로 선생'이라는 만평은 우선 만화라서 좋았고 TV편성표를 볼 때면 마치 보물을 찾는 기분이었다. 삼성 라이온즈가 어떤 경기를 했는지도 궁금했다. 나의 80년대 말과 90년대 초 아침은 아버지에게 종이 신문을 배달하는 것으로 시작해서, 아버지가 두고 간 종이 신문을 읽는 것으로 끝났다. 어차피 대개의 단어들이 한자로 되어 있어서 나는 정작 중요한 기사들을 제대로 읽을 수가 없었다. 그 시대의 아버지들은 가정으로 배달되는 활자/정보를 선점하고 독점하는 주체였다.

웹툰 〈마음의 소리〉의 작가 조석은 나와 같은 83년생이다. 그가 주인공으로 등장하는 〈마음의 소리〉는 80년대 초반에 태어난 그 세대가 가질 법한 세대성을 언제나 자연스럽게 드러낸다. 작품의 등장인물은 조석의 주변인들, 그러니까 가족과 친구들이다. 그의 아버지와 어머니는 초반에는 전형적인 '부모'의 역할을 맡았지만, 이후에는 기성세대의 전형을 유지하면서도 의외성으로 웃음을 주는 캐릭터로 자리 잡았다. 그런데 조석이 자신의 집을 배경으로 삼을 때면 그의 아버지가 거의 언제나 보이는 어떤 행동이 있다. 바로 '종이 신문'을 보는 것이다. 조석의 아버지는 '종이 신문을 보는 사람'으로 자주 그려진다. 신문을 보는 데서 서사를 이끌어 나가는 데 필요한 각종 정보와 개연성을 얻는다. 혹은 별다른 의도가 없더라도 그러한 행위를 일상화한 인물이다.

아버지 이외에 종이 신문을 읽는 캐릭터는 거의 등장하지 않는다. 나의 유년시절에 그러했듯 〈마음의 소리〉에서도 신문은 아버지의 전유물이다. 특히 가장의 권위를 상징하기에 가장 간편한 장치이기도 하다. 813화 「가장의 권위」에서는 신문을 보는 아버지가 두 차례에 걸쳐 등장한다. 아버지는 자신의 권위를 세우기 위해 고민하고 집안 곳곳에 자신의 말이 울려 퍼질 수 있도록 스피커를 설치하기에 이른다. 그가 아들에게 내리는 '명령'은 "신문, 신문을 다오."라는 것이다. 가정의 일에 무심한 듯 신문을 보는 아버지의 모습은 여러 화에서 자주 등장한다. 640화 「집 떠나와」에서는 군대에 가는 아들에게 보이는 무관심이 신문을 보고 있는 한 컷으로 압축된다. 조석은 "내게 무슨 일이 있는지 관심도 없는 것처럼 보였어."라고 부연해 두었다. 이처럼 가장의 권위와 불통을 내어 보이는 매개

고백, 손짓, 연결

체로 신문이 선택된다.

그러나 역설적으로 가장의 권위를 허물어뜨리는 데도 종이 신문이 활용된다. 예컨대 364화 「인정해줘」에서는 가족들이 모여서 "저게 새로 나온 아이팟이야, 부럽다, 나도 갖고 싶다." 하고 말하는 동안 아버지는 관심 없다는 듯 묵묵히 신문을 본다. 그러한 원초적 욕구에 동참하지 않겠다는 듯 신문에서 눈을 떼지 않는다. 하지만 곧 걸려온 전화를 받으며 아버지는 "아이팟."이라고 말한다. 당황해서 "아… 안… 여보세요…"라고 하지만 가족들은 이미 그를 바라보며 "부러우셨군." 하는 마음의 소리를 보낸다.

조석은 신문 너머의 '시야'에 대해서도 그려 낸다. 펼쳐진 신문은 외부와 내부의 시야를 모두 차단한다는 점에서 다분히 폭력적이다. 그러나 신문을 보는 데 집중하더라도 다음 면을 읽기 위해 접고 넘겨야 하는 때가 있다. 그러면 잠시 제한적으로나마 불통의 시간에 균열이 생기고, 그 바깥의 풍경이 눈에 들어온다. 615화 「우리 집에 누가 산다」에서 조석은 아버지가 신문을 보는 동안 몰래 자신의 물건을 가져가려고 한다. 신문이 접히는 순간 위기를 맞이하지만, 제한된 시선을 이용해 자연스럽게 아버지를 속이는 데 성공한다. 드러나는 자신의 신체를 주변의 사물로 위장한 것이다. 신문이 만들어 낸 불통은 관계의 단절이나 소외, 기만 등으로도 이어질 수 있다.

조석이 그려 내고 있듯 종이 신문은 그대로 80세대의 아버지를 상징한다. 신문은 그 시대의 아버지들이 확보하고자 했던 가장의 권위만큼이나, 그들의 손아귀에서 언제나 활짝 펼쳐져 있었다. 신문에 새겨진 활자의 무게는 그 시대의 아버지들이 어깨에 짊어진 책임의 무게와도 같았다. 종이 신문은 그만한 권력을 가지고 있었다. 그러나 이제는 종이 신문의 구독자가 많이 줄었다. 나의 아버지도 더 이상 종이 신문이나 주/월간지를 정기 구독하지 않는다. 대신 핸드폰으로 뉴스를 확인하고, 가끔은 구립 도서관에 가서 제본된 종이 신문을 본다.

얼마 전 〈경향신문〉은 창간 70주년을 맞아 종이 신문 위에 컵라면과 삼각김밥을 올려놓은 1면 디자인을 선보였다. 고달픈 청년들을 상징한다는 설명이 덧붙었지만, 그것은 그대로 종이 신문이 가진 시대적 위상을 보여주는 것이기도 하다. 활자에 라면 국물이 튀고 김의 부스러기가 묻어도 누구도 관심 갖지 않는다. 그저 간단한 한 끼 식사의 받침으로 쓰고는 둘둘 말아서 쓰레기통에 넣으면 그만이다. 주머니의 핸드폰을 꺼내면 방금 버린 활자는 여전히 살아 숨 쉬고, 자신의 의견을 댓글로 달아 소통할 수도 있다. 그런 시대가 되었다.

가로쓰기와 한글 전용이라는 종이 신문의 혁신은, 그리고 인터넷과 모바일 환경의 확산과 함께 찾아온 읽기 방식의 다변화는 가족 구성원 모두를 읽기의 주체로서 견인해 냈다. '종이 신문을 보는 아버지'의 모습은 이제 80세대의 추억 속에 존재한다. 나의 아이는 핸드폰의 화면을 바라보는 아버지의 모습이 가장 익숙할 것이다. 30년 뒤에 그가 "나의 아버지는 그 고물 핸드폰을 날마다 들여다보았다."라고 회고할지도 모르는 일이다. 〈마음의 소리〉를 보며 나는 자연스럽게 나의 아버지를 추억한다. 그리고 내 아들이 추억할 나의 모습을 미리 추억해 본다.

2
장

손
짓
하
다

당신은 계속 더욱 치열한 코트에서
버텨 내야 한다.
아마도 화려한 슬램덩크를
성공시키는 일은 어려울 것이다.
교체되지 않는 것만으로도
감사해야 할지 모른다.

/ 슬램덩크

작가 이노우에 다케히코. 1990년부터 1996년까지 일본의 주간 만화잡지 〈소년
점프〉에 연재되었다. 연재 초기에는 학원청춘물에 가까웠으나 전국대회 예선
전부터는 연애와 농구의 비중이 비슷해지더니, 나중에는 정말로 농구만화가 되
었다. 1970년대부터 1980년대생의 남성들에게는 절대적인 지지를 받는 작품이
다. 1990년대 초반에 방영된 드라마 〈마지막 승부〉와 더불어 농구 열풍을 일으
켰다. 〈피구왕 통키〉의 통키와 〈축구왕 슛돌이〉의 슛돌이가 각각 피구와 축구의
르네상스를 불러왔지만 그 여파가 가장 오래간 것은 아무래도 『슬램덩크』였다.

슬램덩크

사회라는 코트에 선
당신에게

대학에서 강의를 할 때는 학생들의 '자소서'를 많이 첨삭해 주
었다. 취업 시즌이 되면 자기소개서 첨삭만 하루에 몇 건씩 했
다. 가끔은 마감이 몇 시간 남지 않은 자기소개서를 들고 주말
에 집 앞까지 찾아오는 학생들도 있었다. 그러면 근처 카페에
서 커피를 한 잔 사주며 첨삭에 반나절 가까운 시간을 보냈다.
급여가 더 나오는 일도 아니었지만, 그것이 얼마나 간절한 글
쓰기인가를 잘 알고 있기에 쉽게 외면할 수 없었다. 그렇게 몇

년 동안 수백 장의 자기소개서를 살펴볼 기회를 얻었다.

　지금도 기억에 남는 글들이 여럿 있다. 특히 금융권 취업을 희망하던 어떤 학생의 자기소개서가 그렇다. 그는 "인생의 스승이 있다면 그가 나의 성장에 어떠한 영향을 미쳤는가를 서술하시오."라는 문항에 다음과 같은 내용으로 답했다. "고등학교 시절 인간문화재와 한 달 동안 합숙하며 그에게 사물놀이를 배웠다. 그런데 그는 언제나 기본 가락을 10시간 이상 연주했고, 그 이후에 자신의 가락을 시작했다. 어느 분야의 전문가이지만 기본을 더욱 중요시하는 것을 보고 큰 감명을 받았다." 그는 인간문화재의 화려한 연주에 매료되었음을 고백할 수도 있었다. 하지만 '기본'이라는 가장 단순하고 소박한 가치를 이끌어 냈다. 나는 그러한 성찰이 자기소개서가 지녀야 할 가장 큰 미덕이라 믿는다. 누구나 화려하고 특별한 수사보다는 담담하고 평범한 가치에 더욱 쉽게 감동하기 마련이다. 물론 자기소개서에는 그 가치를 자신의 삶에 어떻게 적용했는가를 덧붙이는 일이 필요하다. 예컨대 금융권에서 지켜야 할 '기본 가락'이 무엇인지 나름의 생각을 더해야 한다.

고백, 손짓, 연결

나는 그 이후 학생들의 자기소개서를 첨삭할 때면 지원한 회사에서 지켜야 할 기본 업무에 대해 반드시 사유할 것을 권한다. 이러한 질문에 임상병리사에 지원한 어느 학생은 검체의 혈액형을 확인하는 일이라고 답했고, 야구 전문 아나운서가 되고 싶다고 한 어느 학생은 야구의 모든 규칙을 숙지하는 일이 우선일 것이라 답했다. 그러한 질문을 주고받으면서, 나는 다소 생뚱맞지만 만화『슬램덩크』를 떠올렸다.

『슬램덩크』는 북산고등학교 농구부의 전국대회 도전기를 다룬 만화다. 30대 남성을 중심으로 여전히 두꺼운 팬덤이 존재한다. "왼손은 거들 뿐", "당신의 영광의 시대는 언제였나요?" 등 수많은 유행어를 남겼고, 조석과 이말년 등 30대 중반의 웹툰 작가들이 가장 많이 패러디하는 작품이기도 하다. 90년대 초의 '국민학생'들은 설레는 마음으로『슬램덩크』의 연재를 기다렸다. 주인공 강백호가 종종 선보이는 '덩크슛'은 통쾌했고, 농구 천재 서태웅의 플레이는 언제나 화려했다. '불꽃 슈터' 정대만의 3점슛도 그에 못지않았다. 주장 채치수는 팀이 위기에 빠졌을 때마다 '고릴라 덩크'를 성공시키며 분위기를 반전시켰고, 송태섭은 절묘한 패스로 모두가 최고의 플레이를 할 수 있도록 지원했다.

그런데 전국대회에서 '산왕공고'라는 무적의 팀을 만난 북산고는 경기 종료 1초를 남겨 두고 강백호의 원샷 플레이에 모든 것을 걸게 된다. 슛이 성공한다면 1점 차로 승리할 수 있는 상황, 서태웅의 패스를 받은 강백호는 "왼손은 거들 뿐"이라는 혼잣말과 함께 평범한 미들슛을 시도한다. 그가 어째서 자신이 그토록 갈망하던 슬램덩크로 경기를 끝내지 않았는가, 하는 것이 당시 어린 독자들에게는 꽤나 논란이 되었다. 나도 그럴 것이면 왜 제목을 슬램덩크라고 지었나, 하며 불만을 토로했던 기억이 있다. 하지만 시간이 훌쩍 지나 다시 읽은 『슬램덩크』는 그 어떤 작품보다도 화려하지 않았다. 오히려 '기본 가락'을 연주하는 모든 캐릭터의 이면을 섬세하게 드러내고 있었다.

주인공인 강백호는 북산고에 진학해 처음 농구를 시작했다. 채소연이라는 여고생에게 잘 보이기 위함이었다. 드리블이나 레이업슛조차도 제대로 하지 못했던 그는 모두에게 비웃음을 산다. 그러나 남다른 피지컬을 바탕으로 리바운드에 탁월

고백, 손짓, 연결

한 재능을 보이고 곧 주전 파워포워드로 발탁된다. 덩크와 리바운드만으로는 전국대회에서 살아남을 수 없음을 직감한 강백호는 자신이 가야 할 길을 진지하게 탐색해 나간다. 그런 그에게 '안 감독'은 일주일 동안 2만 개의 슛을 연습할 것을 주문한다. 모두가 놀라지만, 정작 강백호는 웃으며 고작 2만 개 가지고 되겠냐며 되묻는다. 친구들의 도움을 받은 그는 합숙에 돌입하고 정말로 그것을 해내고 만다. 그의 친구들은 그에게 오른쪽 45도 각도에서 슛을 시도했을 때의 성공률이 제일 높았다고 일러준다.

곧 시작된 전국대회에서 강백호는 자신의 첫 번째 미들슛을 성공시킨다. 그를 아는 모두가 경악했다. 상대 팀 선수들은 평범한 슛을 성공시켰을 뿐인데 왜 이러한 반응인가, 하고 어리둥절했지만 풋내기 강백호가 농구 선수로, 그리고 동료로 인정받는 순간이었다.

반면 팀의 에이스 서태웅은 화려한 플레이로 관객들을 매료시킨다. 잘생긴 외모가 더해져 대규모의 여고생 응원단이 조직될 정도다. 그러나 현재의 영광과 화려함이 과거의 분투에서 왔음을, 그는 언젠가 고백한 바 있다. 서태웅은 전국대회 1회전에서 눈에 부상을 당한다. 시야가 흐려져 앞이 잘 보이지 않는 상황에서도, 그는 계속해서 슛을 성공시킨다. 상대 팀은 물론 북산의 선수들까지 어떻게 저럴 수 있는지 경외의 눈길을 보내지만, 그는 "몇백만 개나 쏘아 온 슛이다."라는 한 마디를 남긴다. 눈을 감고 자유투를 시도하면서도 '항상 해 왔던 프리스로다. 틀림없이 내 몸이 기억하고 있을 것이다.'라며 자신을 다잡는다. 강백호는 서태웅이라는 천재가 자신보다 100배 이상 노력해 온 선수임을, 그때 비로소 깨닫게 된다.

그 외에도 권준호, 홍익현, 김낙수 등, 묵묵히 제 몫을 해 온 선수들의 모습도 조명된다. 무엇 하나 뛰어난 것이 없지만 특유의 성실함으로 버텨 온 이들이 승부처에서 화려한 주인공이 되는 모습을 그려 내는 것이다. 그들이 달리기, 드리블, 체력 훈련에서 단 한 번도 낙오한 일이 없음을, 말하자면 기본기를 계속해서 갈고닦아 온 선수들임을 강조한다. 자신보다 체격이 두 배는 되어 보이는 강백호를 앞에 두고 계속해서 슛을 성공시킨 홍익현을 두고 해남의 주장 이정환은 "역시 해남의 유니폼을 입을 자격이 있는 남자다."라고 말하고, 정대만의 마크를 맡은 김낙수는 "명헌이도, 현철이도, 성구도, 우성이도 예전에 합숙소에서 도망친 경험이 있다. 혹독한 훈련을 참다 참다 못해서… 하지만 난 아니다."라면서 자신을 다잡는다. 이처럼 『슬램덩크』는 '천재'나 '에이스'가 아닌 평범한 이들에 대한 서사였다.

현실의 '농구 코트'로 돌아오자면, 금융권에 취업하기 위해 '기본'의 중요성을 역설했던 학생은 고민 끝에 자기소개서에 다음과 같이 썼다. "은행 업무의 '기본 가락'은 고객의 신분증을 확인하는 데 있다고 믿는다. 거기에서부터 모든 업무가 시작돼야 한다." 그는 원하는 은행에 합격했고, 지금은 신입행원이 되었다. 물론 그가 아프게 '노오력'해왔을 것을 나는 안다. 자개소개서라는 마지막 요식 행위를 위해 외국어를 공부하고, 학점을 신경 쓰고, 이런저런 자격증을 따고, 인턴 자리를 알아보았을 것이다. 그리고 결국 어렵게 취업이라는 한 골을 성공시켰다.

그러나 앞으로도 그는 계속 더욱 치열한 코트에서 버텨 내야 한다. 아마도 화려한 슬램덩크를 성공시키는 일은 어려울 것이다. 교체되지 않는 것만으로도 감사해야 할지 모른다. 하지만 인간문화재에게서 기본 가락이라는 가치를 발견했던 그가, 계속해서 그렇게 사유할 수 있기를 바란다. 슬램덩크의 성공을 명제로 삼았던 강백호도 "나는 바스켓맨입니다."라고 경기 중 선언하고는, 자신이 가장 슛을 잘 넣을 수 있는 골대 오른쪽 45도 각도의 어느 지점에 서서 자신에게 올 패스를 기다렸다. 그리고 가장 평범한 슛을 시도하며 그때 비로소 농구 선수가 되었다.

 '사회인'이 된다는 것 역시, 같은 의미이다. 오늘도 사회라는 코트에서 분투하고 있을 주변의 모든 선수들에게, 교체 당하지 않기 위해 이를 악물고 뛰고 있을 당신에게, 응원을 보낸다. 수백만 번의 슛 연습을 보상 받을 한 골을 반드시 성공시킬 수 있기를.

"몇백만 개나 쏘아 온 슛이다."

●『슬램덩크』 중에서

서글픈 것은,
그 친구뿐만 아니라 모두가
자기가 버티고 싶은 공간에서
밀려난다는 사실이다.
나는 얼마 전 망원동으로 돌아왔지만
함께 유년 시절을 보낸 친구들은
더 이상 보이지 않는다.

/ 놓지 마 정신줄

작가 신태훈·나승훈, 2009년 8월 27일부터 네이버에 연재되고 있다. "정신줄을 놓는다"는 그 시기의 유행어로부터 시작했고, 실제로 주인공들이 황당한 상황에 놓일 때마다 머리에 묶인 줄이 풀려나가는 독특한 설정을 선보이면서 많은 인기를 얻었다. 그러나 그 유행어가 사라진 지금에도 작품은 여전히 계속되고 있다. 작가도 더 이상 '정신줄'이라는 단어에 연연하지 않는 듯하다.

정신줄 놓을 만한
서울살이

우리는 종종 "정신줄을 놓는다."라는 표현을 쓴다. 정신을 잃을 만큼 분노, 슬픔, 민망함 등 다양한 감정들이 솟아오를 때 그렇게 한다. 네이버 웹툰 〈놓지 마 정신줄〉은 그러한 상황에 대해 다룬다. 회사에서, 학교에서, 집에서, 여러 일상의 공간에서 평범한 우리들이 겪는 불편함을 다소 과장되게 그려 낸다. 예컨대 최근작 「인터넷 설치」에서는 인터넷 설치를 위해 서류 몇 군데에 서명을 하자 "몹시 저렴한 가격으로 30년 약정이 되셨

구요, 약정 기간 내에 끊으면 위약금으로 집을 내놓으셔야 해요."라는 말을 듣는다. 인터넷 설치 후 얼마 지나지 않아 공유기가 폭발하는데 생산 연도가 1988년이다. 설치기사는 "또 망가지면 위약금을 물어야 합니다."라며 다시 설치하지만 역시나 고장이 난다. 이처럼 정신줄 놓게 만드는 일상의 불편함이 주류를 이룬다.

얼마 전 연재된 61화 「원룸 구해요」를 보면서는 나도 함께 정신줄을 놓았다. 원룸을 구하기 위해 학교 앞 부동산을 찾은 대학생들은 생전 처음 보는 공간과 마주한다. '싸고 좋은 방'을 원하는 학생들에게 부동산 업자는 변기가 부엌에 있거나 가스레인지가 화장실에 있는 방을 소개해 준다. 그러니까, 변기 옆에서 음식을 먹거나 만들어야 하는 것이다. 학생들이 화장실이 분리된 방을 달라고 하자 업자는 "싼 방엔 당연히 다 이유가 있는 거 아니겠어요?"라면서 다른 방을 보여 준다. 그러나 그곳들 역시 대단히 엽기적인 구조를 하고 있다. 학생들은 결국 "어디에도 살 만한 곳이 없어, 뭣보다 월세가 아르바이트로 감당이 안 되네." 하고는 방 구하기를 포기하고 만다.

고백, 손짓, 연결

나는 웹툰이 역시나 현실을 과장되게 그려 냈다고 생각하며 웃었다. 그런데 얼마 지나지 않아, 대학가의 원룸을 구하던 친구 M에게서 사진이 첨부된 메시지가 도착했다. 대학원생인 그는 보증금이 싼 월세방을 구하는 중이었다. 조금 더 보증금과 월세가 싼 곳을 찾고 찾다가 그가 보낸 방의 사진은 웹툰에서 본 그대로였다. 정말로 화장실 변기와 침대가 거의 붙어 있다시피 했다. 물론 못 잘 것이야 없지만 그래도 굳이 변기를 머리맡에 두고 잠을 자기는 무언가 민망할 것이다. 서울 상경 15년 차가 된 어느 친구는 자신을 '비공인중개사'로 지칭한다. 정말 그러한 필명으로 『흙흙청춘』이라는 책을 한 권 쓰기도 했다. 그는 "어디에서도 이 가격에 이런 집 못 구한다."라는 부동산업자나 집주인의 말을 "이 가격이 아니면 절대로 살고 싶지 않은 집"으로 번역할 만큼의 내공이 쌓였다.

M은 변기와 침대가 사이좋게 붙은 그 공간을 보증금이 거의 없고 월세도 주변보다 싼 '고시텔'이라고 했다. 과연, 싼 데는 다 이유가 있는 법이었다. 그는 대학가인 신촌과 홍대입구 라인에 방을 구하려 했다. 지도교수의 개인조교로 학부와 대학원 합쳐 6개의 수업을 세팅해야 했고, 언제든 호출이 있을지

몰라 대기해야 했다. 그는 몇 시간 뒤 "내가 들어갈 수 있는 곳은 고시텔뿐이야. 보증금 1,000에 월세 50이 없으면 들어갈 곳이 없네." 하고 문자를 보내 왔다. 고작 6평, 실평수로는 4평이 간신히 될까 말까 한 곳들이 모두 그렇다고 했다.

사실 대학생들에게 보증금 1,000만 원과 월세 50만 원이 하늘에서 떨어질 리가 없다. 웹툰의 등장인물이 말한 것처럼 아르바이트로 월세를 도저히 감당하기 힘들고, 특히 보증금은 1년 치 등록금을 상회한다. 홍대-연남-상수-합정-망원을 잇는 젠트리피케이션의 최대 피해자는 결국 거기에서 버텨야 하는 학생/청년들이고, 임대료를 내며 장사를 해 온 자영업자들이며, 계속 생존해야 하는 원주민들이다. 정말이지 정신줄을 놓지 않을 수 없는 버팀이고, 정신줄을 놓아서는 안 되는 생존이다.

M은 결국 고시텔 입주를 포기했다. 변기 옆에서 밥을 먹고 잠을 자고 싶지는 않다고 했다. 하지만 그렇다고 해서 새벽마다 빨간색 광역버스를 타고 집이 있는 경기도 안양에서부터 강남, 사당까지 도착해 다시 지하철을 타고 서울을 반 바퀴가량 돌아 출근하는 일도, 다시 퇴근하는 일도, 별로 상상하고 싶지

고백, 손짓, 연결

않은 것이다. 그는 그런 그림자 노동을 지난 몇 학기 동안 하루에 3~4시간씩 매일 해 왔고 더 이상은 버티지 못하겠다고 말했다. 나름 망원동 토박이로 오래 지낸 나는 그에게 몇 가지 안을 내어 놓았다. 대학가로 갈 수 없다면 대학가 언저리로라도 가야 하지 않겠느냐면서 2호선과 6호선, 9호선, 그리고 공항철도를 타고 15분 내외로 오갈 수 있는 곳을 몇 군데 알려 주었다. 문래역, 증산역, 염창역, 계양역 같은 곳을 추천해 준 것이다.

다음 날 M에게 방을 구했다는 연락이 왔다. 망원동에서 몇 정거장 북쪽으로 올라간 곳이었다. 어느 경계를 벗어나는 순간 보증금이 절반으로 떨어졌고, 월세도 50에서 30~40 사이가 되었다고 했다. 500에 35만 원을 내기도 여전히 벅차겠으나, 그만하면 광역버스 왕복 비용에 더해 길바닥에 버리는 4시간에 대한 보상이 된다고 했다. 비슷한 시기에, 신촌의 대학원에 진학하게 된 포항 출신 후배에게 안부를 물을 겸 전화하자 은평구에 방을 얻었다고 했다. 보증금과 월세가 싸서 별다른 선택지가 없었다고 덧붙였다. M과 몇 블록 떨어지지 않은 곳이었다. 그는 대학가에서 멀찍이 떨어진 4평짜리 방에서 앞으로 2년을 보낼 것이다. 어쩌면 석사과정을 끝낼 즈음에는 거기

2장 손짓하다

서도 버텨 내지 못하고 조금 더 북쪽으로 이주해야 하지 않을까, 싶기도 하다.

서글픈 것은, 그 친구뿐만 아니라 모두가 자기가 버티고 싶은 공간에서 밀려난다는 사실이다. 나는 얼마 전 망원동으로 돌아왔지만 함께 유년 시절을 보낸 친구들은 더 이상 보이지 않는다. 결혼을 하고, 아이를 낳고, 도저히 버틸 수 없게 되어 밀려나는 것이다. 몇몇이 남아 있지만 그들은 "나는 여기서 내 아내와 아이와 함께 살고 싶어. 일단은 버티는 게 목표야."라고 말한다. 많은 친구들이 수원으로, 남양주로, 일산으로, 파주로, 아니면 이름도 새로운 원흥으로, 삼송으로, 무슨 무슨 마을로 거주지를 옮겼다. 글을 쓰는 동안 자주 들르던 국수가게도, 베트남 음식점도, 카페도, 차례로 문을 닫았다. 며칠 후 문을 닫는다고 하는 베트남 음식점의 주인에게 "이제 어디로 가세요?" 하고 묻자, 그는 "아직 정하지 못했어요. 혹시 다시 문을 열게 되면 문자를 드릴 테니까 전화번호를 적어주세요." 하고 답했다. 그것이 2017년 7월의 일인데, 그에게서는 1년 가까이 지난 지금도 아직 연락이 없다. 어딘가에 잘 정착했기를, 나에게만 깜빡 신장개업 문자를 보내지 않은 것이기를, 바란다.

고백, 손짓, 연결

〈놓지 마 정신줄〉「원룸 구해요」편의 마지막 컷에는 "밤낮없이 열심히 알바해서 월세 내면 끝! 아이고~ 정신줄 놓겠네!!"라는 문구가 적혀 있다. 그러나 대학가의 원룸은 이미 '알바'로 얻을 만한 공간이 아니다. 지하철 노선을, 아니면 광역버스 노선을 따라 여기저기 흩어져야 한다. 보증금을 1,000만 원씩 요구하는 부동산 문화에도 문제가 있다. 우리가 아는 많은 선진국들이 기껏해야 월세의 2~3개월 치에 해당하는 보증금을 요구한다. 청년들이 부모의 도움 없이, 아니면 자기 노동을 통해 초기 비용을 해결할 수 있는 정도다. 적어도 시작과 생존의 단계부터 터무니없는 목돈을 지불하지 않아도 되는 시스템인 것이다. 보증금에 더해 '선세'가 문화로 자리 잡은 지역도 적지 않다. 1년 치 월세를 아예 계약 단계에서부터 미리 받고 보증금도 따로 받는다. 학업 때문에, 직장 때문에, 그 무엇 때문에 거주해야 하는 사람들은 이처럼 자신이 거주하는 그 공간에 정신줄을 저당 잡히고는 이리저리 끌려다닌다.

변기 옆에서 밥을 먹을 수 없다던 대학원생 친구 M을, 포항에서 올라온 그를, 그리고 여전히 버티고 생존해야 할 모두를 응원한다. 나도 정신줄을 잡고 버티는 중이다.

"밤낮없이 열심히 알바해서 월세 내면 끝!
아이고~ 정신줄 놓겠네!!"

● 〈놓지 마 정신줄〉 중에서

가끔, 어느 상식을
한 단계 뛰어넘어 버리는
작가들이 있다.
"어떻게 이런 작품을 그렸지/썼지?"
하고 감탄하고 나면,
곧이어 그보다 나은 후속작을
내어놓는다.

/ 기기괴괴

작가 오성대. 2013년 5월 8일부터 네이버에 연재되고 있다. "기묘하고 괴상한
이야기들"이라는 공식 소개가 보여주듯, 현대판 괴담이라고 할 수 있다. 매번 참
신한 소재를 가져오기에 그것을 어떻게 구상하는지 작가를 만나면 꼭 물어보고
싶다.

'기기괴괴'한
당신들

자신의 모든 것을 불태워 혜성처럼 나타나는 새로운 작가들이 있다. 화려하게 자신의 존재를 알린 그들은 종종 어디에선가 흔적 없이 소멸해 버리곤 한다. 전작의 훌륭함을 스스로 넘어서지 못하는 것이다. 누구나 한두 편의, 혹은 몇 편의 작품을 잘 쓸 수는 있다. 하지만 꾸준히 '잘'하기란 어려운 일이다. 그래서 나는 갑자기 등장한 역작보다는 그'다음'을 기대하게 만드는 작품들이 좋다. 조금씩 성장해 나가는 좋은 작가를 바라보는 일은 기쁘고 설렌다.

그런데 가끔, 어느 상식을 한 단계 뛰어넘어 버리는 작가들이 있다. "어떻게 이런 작품을 그렸지/썼지?" 하고 감탄하고 나면, 곧이어 그보다 나은 후속작을 내어놓는다. 처음 몇 편은 그럴 수 있다지만 몇 년 동안 그것이 이어진다면 이야기가 달라진다. 성실함과 재능을 겸비한, 정말이지 드문 종류의 인간이 되는 것이다.

네이버 웹툰에 〈기기괴괴〉를 연재하는 오성대 작가가 그렇다. 〈기기괴괴〉는 기괴하거나 기발한 이야기, 규정하자면 공포/스릴러 장르물이다. 작품마다 편차는 있지만 "어떻게 이런 소재를 계속 생각해 내는 거지?" 싶은 것들이 꾸준히 올라온다. 작가는 〈절벽귀〉라는 개별 단편을 통해, 이미 장르물에서의 탁월함을 입증한 바 있다. 이 작품은 네이버 웹툰에서 '레전드 웹툰'으로 분류되며 재연재되었다. 〈기기괴괴〉에서는 〈절벽귀〉 분량의 단편들이 계속 연재된다. 「성형수」라는 에피소드에서 그 기괴함의 정점을 찍었고 최근 연재되고 있는 「14k」역시 그간의 전작들이 높여 둔 기대감을 충족시켜 준다. 두 편

고백, 손짓, 연결

의 줄거리를 각각 간단히 소개하자면 다음과 같다.

"인간의 몸을 잠시 찰흙처럼 만들어 주는 성형수가 발명된다. 원하는 만큼 살을 떼어 내거나 붙이는 것도, 코를 높이거나 눈을 크게 만드는 것도 가능하다. 누구나 집에서 간단히 시술할 수 있다는 장점 때문에 비싼 가격에도 잘 팔려 나간다. 주인공은 성형수를 욕조에 부어 놓고 들어갔다가 깜빡 잠에 든다. 깨어났을 때는 이미 몸이 거의 녹은 뒤다. 그의 부모가 자신의 살을 떼어 몸의 일부를 복원시켜 주지만, 그는 살인을 저질러 그의 살과 뼈를 이용해 '예쁜 모습'으로 다시 태어난다."

"어느 날, 주인공의 피부가 금빛으로 변한다. 사람들에게 괴물 취급을 받던 그는 자신의 몸에서 떨어진 부스러기를 금은방에 가져가고, 자신의 몸에 순금이 도금된 것을 알게 된다. 이후 인터넷 방송에도 진출하고 사치스러운 생활을 시작하지만 연예기획사 직원으로 가장한 이들에게 납치를 당한다."

오성대 작가를 만난다면 나는 그에게 "매번 소재를 어떻게 구상하시나요?" 하고 묻고 싶다. 어느 작가나 작품들에서 영감을 받는다고 하면 그렇게 잘 선별하는 것만 해도 대단한 능력이고, 직접 구상한다고 하면 물리적으로 그게 가능할까, 싶다. 매번 글을 쓸 때마다 소재를 찾기 위해 기억을 헤집고 들추어 내야 하는 나로서는 그의 꾸준함과 재능이 몹시 부럽다. 그가 공포/스릴러라는 서브컬처 영역의 장르물 작가로서 계속해서 활동해 주기를 바란다.

만화가 아닌 영역으로 시선을 돌려 보면, 좋은 작품을 꾸준히 내어놓는 소설가로는 '장강명'이 있다. 2011년에『표백』으로 한겨레문학상을 받으며 등단한 이래, 대표작인『한국이 싫어서』와『댓글부대』,『당선, 합격, 계급』에 이르기까지 계속 글을 쓰고 있다. 수림문학상, 문학동네 작가상, 문학동네 젊은 작가상, 제주4·3 평화문학상 등, 수상 경력이 말해주듯 단순히 많이 쓰는 것이 아니라 문단에서 인정받을 만한 글을 쓴다.『표백』에서 보여준 특유의 속도감 있는 우울함은 이후에도 여전히 유지되고 있고 한국의 현실을 적나라하게 드러내는 그만의 문체로 자리 잡았다. 2017년에는『아스타틴』이라는, 목성과 토성을 배경으로 하는 SF소설을 출간하기도 했다. 장르를 오가는 모습 역시 우리 세계가, 또는 독자가 장강명을 기억하

고백, 손짓, 연결

는 방식이다.

한 명의 작가를 더 소개하고 싶다. 『회색 인간』의 저자 김동식 작가다. 그는 인터넷 커뮤니티의 공포게시판에 '복날은 간다'라는 필명으로 스릴러물을 꾸준히 올려 왔다. 그는 아마도, 최근 몇 년 동안 대한민국에서 가장 많은 분량의 글을 쓴 작가 중 한 사람일 것이다. 2016년 5월, 「이미지 메이킹」이라는 단편을 쓴 이래로 2018년 6월까지 총 400여 편의 글을 썼다. 원고지 30매로만 잡아도 대략 10,000매가 넘는 분량의 글을 쓴 것이고, 단행본으로 환산해도 10권이 훌쩍 넘는다. 정식 연재도 아니고 원고료가 나오는 것도 아니지만 2~3일에 한 편씩은 꼭 글을 쓴다. 커뮤니티에는 그의 독자들이 많이 생겼다. 올리는 글마다 조회 수가 1만이 넘어가고 그를 좋아하는 이용자들의 댓글이 수십 개씩 달린다. 일반 게시판에서 베스트 오브 베스트, 일명 '베오베'로 가는 데 그리 오랜 시간이 걸리지도 않는다.

나는 김동식 작가의 글을 무척 좋아한다. 처음 인터넷 게시판에 올린 몇 편의 단편을 보았을 때는 글이 좋아 이름을 기억하는 정도였고, 언제까지 그 수준이 유지될까 궁금했는데, 그 것이 10편이 되고 20편이 되더니 인터뷰를 할 시점에는 300편을 넘어섰다. 그를 바라보는 시선은 어느덧 흥미로움에서 경외로 바뀌었다. 그는 자신만의 문법과 작법으로 『기기괴괴』만큼이나 기발하고 기괴한 이야기들을 만들어 낸다. 2,000자 ~5,000자 정도에 이르는 짧은 분량의 글 안에서 반드시 '뒤통수를 때리는' 반전을 준비해 둔다.

　　모 잡지에 '김민섭이 만난 젊은 저술가들'이라는 제목의 인터뷰를 연재하고 있던 나는, 인터뷰를 핑계로 그를 만났다.° 그가 책을 출간하기 이전의 일이다. 자신을 작가라고 부르는 것에 민망해하는 그에게 "글쓰기를 혹시 공부하신 일이 있나요?" 하고 물었다. 그러자 그는 어린 나이에 공장의 노동자로 생계를 위한 노동을 시작했고 아연을 주물하는 공장에서 10년 가까이 일했다고 했다. 글쓰기를 배운 바는 없고, 그래서 '글 쓰는 법'이라고 인터넷에 검색해 보고 기승전결이라는 단어도

° 김동식 작가의 인터뷰는 잡지 〈기획회의〉 449호에서 확인할 수 있다.

　　　　　　　　　　　°　고백, 손짓, 연결

처음 알았다는 것이었다. 글의 소재 같은 것은 공장에서 노동하는 시간 동안 계속 '이런 이야기를 글로 쓰면 좋을 텐데' 하고 상상했다고 한다. 그리고 그것을 1년 4개월에 이르는 시간 동안 쉬지 않고 풀어내고 있는 셈이다. 비로소, 그의 문장과 이야기를 풀어내는 방식들이 왜 전에 없던 것으로 와 닿았는가를 알았다. 그는 누군가의 문장을 닮으려 해 본 일이 없고 지금도 자신의 언어를 구축해 가고 있는 전에 없던 작가인 것이다. 독자들의 댓글을 보며 글쓰기를 배우고 있다는 그가, 어쩌면 새로운 시대의 작가일지도 모르겠다는 생각을 했다.

인터뷰 원고를 넘기며 '한국출판마케팅연구소'의 한기호 소장에게 김동식 작가의 작품 20여 편을 함께 보냈다. 그가 출간을 하고 싶다고 하면 좋은 일이고 그렇지 않으면 1인출판사를 등록해서 내가 직접 단행본으로 묶으려고 했다. 좋아하는 작가의 책을 내 책꽂이에 두고 싶다는, 말하자면 '팬심' 같은 것이었다. 한기호 소장에게는 작품을 보낸 날 늦은 밤에 바로 연락이 왔다. 그는 "이런 작가가 그동안 어디에 숨어 있었던 겁니까?" 하고 묻고는, "김민섭 씨가 이 책의 기획을 맡아서 해 보시지요." 하고 말했다. 그는 서브컬처에 대한 관심이 있었고 그래서 관련한 소설을 출간하기 위한 '요다'라는 새로운 브랜드를 만들어 둔 참이었다. 그런 지 채 한 달 남짓 지났을 때 이전과는 다른 문법과 작법으로 소설을 쓰는 김동식 작가가 그의 앞에 나타난 것이다. 그래서 2017년 12월 말, 『회색 인간』, 『세상에서 가장 약한 요괴』, 『13일의 김남우』, 이렇게 3권의 소설집이 세상에 등장했다.

발간된 세 권의 책은 출간 즉시 베스트셀러에 올랐다. 그의 책을 기다리던 커뮤니티의 독자들이 우선 1쇄를 빠르게 소진시켜 주었고, 페이스북 인플루언서들의 서평이 그다음 2쇄를 책임져 주었다. 『회색 인간』만을 기준으로 하면, 출간 4개월 만에 7쇄, 3만 부 가까이 판매되었다.

김동식 작가의 글은 동시대의 소설과 비교하면 기기괴괴하다. 단순히 무엇 하나로 장르를 특정하기도 어렵다. 무엇보다도, 김동식처럼 쓸 수 있는 작가는 김동식뿐이다. 나는 작가 N과 다음과 같은 내용의 말을 나누기도 했다. "우리는 김동식처럼 쓸 수 없어요, 그렇게 쓰면 안 된다고 배웠잖아요." 실제로 김동식 작가는 문장을 세련되게 다듬기보다는 줄이는 데

고백, 손짓, 연결

주력한다. 언젠가는 '독자와의 만남' 자리에서 자신의 소설 쓰는 방식에 대해 밝히기도 했는데, 하나의 모니터에는 키워드를 나열해 두고, 다른 모니터에서는 그것들을 최대한 간결하게 이어붙인다고 했다. 그러면서 문장을 쓸 때는 '가성비'를 가장 중요하게 생각한다고 덧붙였다. 작가에게 '가성비'라는 단어를 들은 것은 처음이어서 나는 웃었고 그 자리에 있던 독자들 모두가 웃었다. 그것은 비웃음이나 냉소라기보다는 참 따뜻한 것이었다. 김동식 작가는 '초단편'을 쓴다는 것이 무엇인지 아주 잘 이해하고 있었다. 그의 문장이 쉽고 박진감 넘치게 읽힐 수밖에 없는 이유다.

그에 더해, 그의 글은 서사의 구도가 명확하다. 소설이 자아와 세계의 연속된 투쟁으로 그 긴장감을 조성한다고 할 때, 최근의 소설들은 지나치게 자아로만(내면으로만) 침잠하는 경향이 있다. 자아는 세계가 아닌 분열된 자아와 대립하고, 결국 자아는 세계에 포섭되거나 그를 아예 외면하는 데까지 나아가기도 한다. 소설의 서사를 따라온 독자들은 그 종결에 이르러서도 제대로 카타르시스를 느끼지 못한다. 그것은 독자들을 자책하게 만들고 결국 소설과 멀어지게 한다. 그러나 김동식 작가의 소설은 자아와 세계라는 두 주체가 시종일관 투쟁하고 어느 한 쪽의 완벽한 승리로 귀결된다. 누구라도 그 메시지를 빠르고 쉽게 읽어낼 수 있다. 김동식 소설의 힘은 여기에서 나온다. 그야말로 기기괴괴한 당신, 이다.

장강명 작가는 이미 기대 받는 수준을 넘어 한국을 대표하는 젊은 소설가 중 한 사람이 되었고, 오성대 작가는 네이버 웹툰의 목요일을 대표하는 만화가로 자리매김했다. 각각 소설과 만화, 라는 장르에서 내가 '경외심'을 가지고 지켜보는 이들이다. 거기에 나는 김동식이라는 작가를 추가하고 싶다. 〈기기괴괴〉라는 제목은, 어쩌면 1년 3개월 동안 그가 써 내려간 300여 편의 단편 작업들을 그대로 설명해 주는 듯하다. 한 작가가 그만큼 거대한 분량의 글을 쓰며 자신을 꾸준히 성장시켜 나가는 것은 그 자체로 몹시 놀라운 일이다. 나는 이들의 만화를, 소설을, 독자로서 즐겁게 지켜보려 한다. 특히 김동식 작가는 일본의 '호시 신이치'라는 작가가 1,000여 편의 단편소설을 쓴 것을 언급하며 자신도 그렇게 해 보고 싶다는 목표를 밝혔다. 아직 30대 초반인 그는 정말로 그것을 현실로 만들 수 있을 것만 같다. 덕분에 벌써부터 설렌다.

고백, 손짓, 연결

"그래, 나도 사랑해. 함께하자 평생…"

●〈기기괴괴〉「성형수」에피소드 중에서

'편의'라는 단어는
정말이지
무한한 노동 확장성을
지닌 셈이다.

/ 연애의 정령

작가 호드, 2015년 3월 28일부터 네이버에 연재되고 있다. 연애를 하지 못해 하늘의 별이 될 운명에 처한 모태 솔로들에게, 어느 날 연애 코치를 해 주겠다면서 정령이 나타난다. 그러나 정령들이 별로 하는 일은 없어 보인다. 특히 최근의 전개에서는 연애의 정령이라기보다는 '싸움의 정령'이 된 것처럼, 매 화마다 작가 특유의 유쾌한 격투 신이 등장한다. 몇몇 주인공이 별이 되면서 연재가 종료될 것처럼 보이는데, 그건 그런대로 해피엔딩이 될 것 같다.

'편돌이'도
남의 집 귀한 자식이다

대한항공 조현아 전 부사장의 일명 '땅콩리턴' 사건 이후 '갑질'이라는 단어가 우리 곁에 하나의 용어로 자리 잡았다. 2018년에는 그의 동생 조현민 씨가 '물컵 갑질'로 다시 한 번 화제가 되었으니까, 자매가 모두 용감했다. 〈뉴욕타임스〉에서는 'gabjil'이라는 단어를 "봉건귀족처럼 행동하는 임원들이 부하 직원들을 괴롭히는 것"이라고 부연하기도 했다. 땅콩리턴과 비슷한 시기에 이 신조어는 다시 한 번 사회면을 장식했다. 미스터 피자의 정우현 회장 덕분이다. 그는 자신이 아직 회사에서 나가지 않았는데 정해진 시간에 문을 닫았다는 이유로 경비원을 폭행했다. 악수하는 척 다가가서 손을 잡고는 턱을 두 차례 때렸다고 한다. 상대를 방심하게 하고서는 붙잡아 자신에게 끌어당기며 급소를 가격한 것이다. 프로레슬링의 연출에서나 볼 법한, 그리고 "Don't try this at home"이라는 문구가 반드시 따라붙어야 할 비열한 행동이다.

비정규직 노동자, 그중에서도 서비스업에 종사하는 시간제 노동자는 우리 사회에서도 가장 을의 공간에 서는 이들이다. 대개는 근로기준법에 명시된 최저 기준의 사회적 보장을 받거나 그것조차 받지 못하는 일이 많다. 지방으로 갈수록, 직영이 아닌 가맹점이 될수록, 근로기준법은 점점 희미해진다. 나도 대학생 시절에 최저시급을 받지 못하고 학교 앞 편의점에서 잠시 일했다. '시급 협의'라고 구인공고에 적어둔 점장은 "방학이라서 손님도 없고 그냥 자리를 지킨다고 생각하면 되니까 이만큼만 받아." 하고 말했다. 그러나 '알바생'이 업주에게 당당히 자신의 권리를 말하기란 어려운 일이다. 각 포털의 '아르바이트 게시판'에는 최저시급이나 주휴수당을 받지 못했다는 경험담이 가득하다. 점주뿐 아니라 소비자들로부터 받는 갑질도 시간제 노동자들을 힘들게 한다. 언제부턴가 대형마트를 중심으로 퍼진 "고객은 왕이다.", "고객은 언제나 옳다." 등의 문구는, 모든 비합리적인 상황을 묵묵히 감내하게 만든다.

〈연애의 정령〉은 평범한 '모태 솔로' 대학생에게 연애 코치를 담당할 정령이 찾아온다는 다소 환상적인 설정의 웹툰이다. 그런데 이 작품은 연애보다는 오히려 '편의점 알바'라는 키워드로 화제가 되었다. 작중 인물 중 편의점 아르바이트를 하는 동은이 점주와 손님을 대하는 태도 때문이다.

동은은 교육을 시작하며 신입 아르바이트생에게 "남의 집 귀한 자식"이라는 겉옷을 입게 한다. 그에 따르면 '알바생'을 천민처럼 생각하는 진상에게 자신도 귀한 자식이란 걸 일깨워 주기 위함이다. 그는 반말하는 손님이 들어오자 함께 반말로 응수한다. 왜 반말을 하느냐는 질문에는 "니가 하길래." 하고 간단히 답한다. 손님이 돈을 던지자 거스름돈을 바닥에 뿌리고, 새치기하는 손님은 "황천길도 새치기해서 가세요."라며 밖으로 내쫓는다. 점장에게도 "친구 집 개 장례식에 가야 한다."는 얼토당토않은 핑계를 대곤 하지만, 그래도 할 말을 한다. 독자들은 여기에 열광했다. 아마, 자신들도 동은이었기 때문일 것이다. 많은 이들에게 편의점 아르바이트의 추억이 있다. 혹은 현재진행형이기도 하다. 내 주변의 많은 선후배들이 등록금이나 생활비를 벌기 위해서, 누군가는 사회 경험을 쌓으려는 다양한 목적으로 편의점에서 아르바이트를 했다. 그러는 동안 그들은 동은이 만났던 수많은 '진상'들과 마주했을 것이다.

나 역시 학부생과 대학원 과정생 시절에 여러 아르바이트를 병행했지만 편의점에서 가장 오래 일했다. 낮에는 수업을 듣거나 조교 근무를 해야 했기 때문에 주로 야간 아르바이트를 했다. 내가 만난 가장 큰 진상은 '점주'였다. 그는 내가 야간에 근무했음에도 불구하고 주간의 최저시급조차 지급하지 않았고 근로계약서도 작성하지 않았다. 여기는 다 그렇다는 그의 말에, 스무 살 중반이었던 나는 그저 그런가 보다 하고 유니폼을 입었다. 한번은 폐기가 난 음식을 먹었다가 꽤나 모욕을 당했다. 직영점이 아니어서 폐기 식품을 처리하는 방식이

고백, 손짓, 연결

다르다고 들었는데 잘 이해는 가지 않았다. 편의점 아르바이트를 하는 데는 폐기 음식으로 식대를 아낄 수 있다는 이유도 있다. 새벽에는 술에 취한 손님들이 많이 왔다. 넘어지면서 가판대를 엉망으로 만들어 버린 30대 직장인도 있었다. 어차피 내가 치워야 할 일이었는데 그는 나에게 기분이 나쁘냐고 묻고는 서비스업 종사자로서 그러면 안 된다는 훈계를 하고 돌아갔다. 그밖에 돈을 던지거나 새치기를 하거나 하는 여러 사소한 '갑질'들은 너무나 많았다.

그에 더해, 한 노동자가 감당해야 할 노동의 몫은 최저시급의 인상분보다도 더 꾸준히 증가하는 듯하다. 편의점 역시 더 이상 계산대에서 바코드만 찍어 주면 그만인 공간이 아니다. 우선 대형마트의 조리 코너에나 있을 법한 음식들이 카운터를 중심으로 진열되어 있다. 치킨이나 튀김, 수제 과자와 빵 같은 것들은 물론 전화로 예약을 받아 피자까지 직접 구워내야 한다. 조리뿐만 아니라 배달 업무도 추가되었다. 일부 편의점에서는 원두커피를 일정 금액 이상 주문하면 추가 비용 없이 배달도 해준다. 얼마 전에는 애플리케이션과 결합한 편의점 택배 서비스도 출시되었다. 〈연애의 정령〉은 편의점 아르바이트가 더 이상 '꿀알바'가 아님을 보여준다. 편의점 문화가 우리보다 앞선 일본의 경우는 지역 노인의 건강 관리까지 책임지는 시스템이 있다고 하니, '편의'라는 단어는 정말이지 무한한 노동 확장성을 지닌 셈이다.

선거가 가까워 오면 여러 정치인들이 편의점을 찾는다. 유니폼을 덧입고 바코드 찍는 기계를 들고서는 사진을 찍는다. 그러면서 '을의 공간'에 관심을 갖는 정당이 되겠다고 말한다. 하지만 최저 기준의 보장도, 그들을 대하는 사회의 시선도, 나아지는 것이 없다. 오히려 노동자의 '편의'는 더욱 땅에 떨어져 간다. 동은처럼 연애에 관심이 많은, 친구들과 모여 즐겁게 〈롤LOL〉이라는 온라인 게임을 하고 치킨을 시켜 먹으면 만사가 행복한 평범한 대학생들이 오늘도 편의점에서 '편돌이'로 '편순이'로 변신한다. 우리는 이들 역시 '남의 집 귀한 자식'임을 기억해야 한다.

사실 아르바이트생도, 사장도, 소비자도, 모두가 '갑'이다. 우리는 스스로를 소중히 여기는 가운데 모든 타인 역시 '갑'으로 존중해야 한다. 그러면 갑질이라는 단어는 조금씩 우리 주

고백, 손짓, 연결

변에서 사라져 갈 것이다. 땅콩은 제 손으로 까먹어야 하고, 문이 닫혀 있으면 열어 주기를 정중하게 부탁해야 한다. 나는 오늘 얼마나 나보다 을의 자리에 있는 타인의 눈치를 보며 살았는가, 스스로를 돌아본다.

웹툰 한 편에 담긴 활자는
웬만한 신문이나 잡지의 칼럼
한 편 분량을 훌쩍 뛰어넘는다.
이것을 주로 읽는 세대를 감안하면,
웹툰은 10대부터 20대에 이르는
젊은 세대에게 가장 많은 활자를
제공하는 장르가 된 것이다.

좋은데/대 다녀오니
기분이 좋은데/대 애들은 좋데/대?

지금은 '책을 읽지 않는 시대'로 흔히 규정된다. 실제로 책이 얼마나 안 팔리는지는 나부터가 잘 안다. 몇 권의 책을 내면서 책을 쓰는 것으로 먹고살기가 얼마나 힘난한 일인가를 통장 계좌의 숫자로부터 배웠다. 출판사에서 일하는 편집자들과 교류가 생기고 몇몇과는 친해지기도 했는데, 그들이 한 권의 책을 만들고 팔기 위해 어떠한 노력을 기울이는지를 자연스럽게 본다. 특히 김동식 작가의 소설집 『회색 인간』 등의 기획자가 되

2장 손짓하다

고부터는 나도 그 대열에 동참했다. 할 수 있는 일은 작품을 평론하고 SNS에 올리는 정도가 고작이지만 나름 노력하고 있다. 그런데, 그만큼 책이 팔리는가 하면 당연히 그렇지 않다. 누군가는 전자책의 등장으로 종이책이 덜 팔리는 게 아닌가, 하고도 말하지만 전자책의 매출이 딱히 높은 것도 아니다. 내가 체감하는 전자책의 매출은 종이책 대비 1/10 정도다. 실제로 책을 읽지 않고 책을 사지 않는, 그러한 시대다.

그런데 나와 대부분의 출판사가 책의 판매만으로 먹고살기 힘든 것과는 별개로, 우리는 이전보다 더 많은 글을 읽고 있는 모양이다. 나는 특히 젊은 세대들이 이전보다 더 많은 글을 읽고 있다고 믿는다. 사실 책을 보아야만 활자를 접할 수 있는 것이 아니다. 활자는 우리 주변 어디에나 있다. 요즘 시대에는 더욱 그렇게 되었다. 무엇을 전하는 매개체는 시대에 따라 변하기 마련이다. 이제는 대형 포털을 중심으로 한 웹소설/웹툰 플랫폼이 우리가 아는 서점의 기능을 한다. 각 카테고리를 클릭하거나 원하는 키워드를 검색하면 살아 숨 쉬는 무수히 많은 활자와 만날 수 있다. 책을 읽지 않는다는 걱정은 활자를 읽지 않는다는 걱정과는 구별되어야 한다. 핸드폰을 손

고백, 손짓, 연결

에서 잘 놓지 않는 젊은 세대는, 오히려 그들을 걱정하는 이전 세대들보다 많은 양의 활자와 정보를 항상 읽고 있다. 책을 사지 않을 뿐이고 자신들이 자주 찾는 플랫폼에서는 단행본 몇 권 분량의 텍스트를 매달 읽어 나간다. 그에 더해, 각종 SNS에 올리는 글과 주고받는 메시지, 기사에 다는 댓글 같은 것들을 통해 활자 소비뿐 아니라 생산의 주체로도 나선다.

젊은 세대, 특히 중학생부터 대학생까지의 청(소)년들은 웹툰이라는 장르를 통해 손쉽게 활자를 접한다. 네이버에서 웹툰 서비스 10주년을 맞이해 발표한 자료에 따르면 웹툰 이용자의 71%는 10대와 20대다. 그들이 웹툰 산업을 떠받치는 세대인 셈이다. 〈아이큐 점프〉나 〈소년 챔프〉를 기다리던, 아니면 대본소에서 시간을 아껴 가며 만화책을 읽던 이전 세대들보다도 오히려 많이 본다. 사실 휴대폰만 열면 쉽게 웹툰을 볼 수 있다. 네이버와 다음 등 대표 포털에서 제공하는 웹툰 서비스뿐 아니라 레진코믹스, 탑툰, 투믹스 등 웹툰만 전문으로 서비스하는 기업들이 많이 생겼다. 코인시스템을 사용해 유료로 일부 만화를 제공하기도 하지만 생각보다 많은 이들이 기꺼이 비용을 지불한다. 대개 특정 요일마다 무료로 '요일 웹툰'을 제공하는데, 네이버는 가장 작품이 많은 요일을 기준으로 26개에 이른다. 자신의 취향에 맞는 것을 골라 읽는다 해도 상당히 많은 양이다. '정주행'과 '역주행'이라는 용어도 생겼다. 1화부터 최신 화까지 순차적으로 읽는 것을 정주행, 최신 화부터 1화까지 거꾸로 읽는 것을 역주행이라고 한다. 자신이 좋아하는 웹툰을 몇 번이고 주행하는 독자들도 많다.

웹툰을 읽을 때마다 그림뿐 아니라 활자가 함께 눈에 들어온다. 웹툰 한 편에 담긴 활자는 웬만한 신문이나 잡지의 칼럼 한 편 분량을 훌쩍 뛰어넘는다. 이것을 주로 읽는 세대를 감안하면, 웹툰은 10대부터 20대에 이르는 젊은 세대에게 가장 많은 활자를 제공하는 장르가 된 것이다.

그런데 나는 웹툰을 볼 때마다 종종 화가 난다. 그것은 작품이 가진 서사 구조나 작화와는 전혀 무관한 분노다. 국어국문학을 전공한 한 인간의 지극히 사적인 불편함인지도 모르겠으나, 대부분의 작품에서 맞춤법과 띄어쓰기에 대한 원칙을 찾아볼수가 없다. 네이버와 다음 등 대형 플랫폼에서든 대부분의 웹툰 전문 플랫폼에서든, 거의 그렇다. 예컨대 '데'와 '대'의 용법을

고백, 손짓, 연결

제대로 지키는 작가를/작품을 별로 보지 못했다. "좋은데/대 다녀오니 기분이 좋은데/대 애들은 좋데/대?"라는 문장에서 '데'와 '대'의 용법과 그에 따른 띄어쓰기를 제대로 지키기는 쉬운 일이 아니다. 사실 퇴임한 국립국어원장이 "띄어쓰기, 나도 자신 없다." 하고 인터뷰할 만큼, 한국어의 띄어쓰기는 어렵다. 어학 전공자들끼리도 어느 띄어쓰기를 두고 의견이 분분한 일도 많다. 그러나 일상의 영역에서 사용하는 기본적인 수준은 명확히 알고 있어야 한다. 그것이 내가 쓰는 글의 가독성과 신뢰성을 높여 주는 동시에 어제보다 나은 글을 쓰게 만들어 준다.

언젠가는 네이버에 연재되고 있는 어느 웹툰 작품을 보다가 아예 몇 개의 오류가 있는지를 세어 보았는데, 100개가 넘어갔다. 말풍선 하나에서 한 손으로 다 세기 어려울 만큼 틀린 것이 나오기도 했다. 대표적인 문구를 인용하면 "딴데로 세지 말고 5시까지 입구로 모인다. 늦는 놈들은 집에 전화 할테니까 알아서해", 나는 대학에서 글쓰기 강의를 할 때 이것을 학생들에게 보여 주고 틀린 개수를 같이 찾아보았다. (총 6군데가 틀렸다.) 웹툰 몇 편을 같이 보며 틀린 맞춤법을 찾기도 했는데, 그러면 학생들은 대부분 놀라며 배신감도 토로했다. 웹툰이든 그 무엇이든 대형 포털에서 제공하는 여러 활자들의 맞춤법이 잘못되었을 것이라고는 상상하지 않는다는 것이다. 말하자면 플랫폼은, 자신들이 서비스하는 작품들에 대한 최소한의 검수를 해야 한다. 10대와 20대 젊은 세대일수록 자신의 일상에 이름값을 걸고 부유하는 여러 활자들이 잘못되었다고 믿기는 힘들다. 네이버인데 설마, 카카오인데 설마, 하고 맞춤법 정도는 당연히 검수되었음을 전제하고 넘어가는 것이다.

나는 좋은 책들을 보며 지금의 맞춤법을 배웠다. 물론 의무교육 단계에서 읽기와 쓰기 교과를 이수하기는 했지만, 어린 시절부터 책의 활자들을 읽어 나가며 배운 것이 더 많다. 정식 출판된 책들은 적어도 맞춤법에서는 믿을 만하다. 담당 편집자들이 몇 차례에 걸쳐 꼼꼼히 교정을 보기 때문이다. 그들은 쉼표의 위치와 조사의 유무까지 작가와 조심스럽게 협의한다. 출간 이후 맞춤법 오류를 발견하기라도 하면 다음 쇄를 찍을 때 꼭 교정하겠다며 스스로 부끄러워한다. 내 주변의 평범한 출판 편집자들이 모두 그렇다. 내가 책의 활자를 보며 맞춤법을 배운 것처럼, 지금의 젊은 세대들은 웹툰을 보며 자신의 맞춤법을 자연스럽게 체득해 나간다. 그러나 웹툰을 제공하는 기업들은 여

고백, 손짓, 연결

러 편의 작품을 배치하는 데 주로 관심이 있는 것처럼 보인다. 맞춤법을 준수했느냐의 편차는 작품마다 다른데, 어느 작품은 바로잡을 것이 없기도 하고 어느 작품은 읽기 거북할 만큼 잘 못된 것이 많기도 하다. 결국 맞춤법의 검수를 작가의 개인 역 량에 모두 맡기는 지금의 시스템에는 문제가 있다.

플랫폼이 창작자의 작품을 그대로 제공한다는 원칙을 두고 그에 충실한 것은 환영할 만한 일이다. 그러나 그 방문자의 수 만큼 무거운 사회적 책임을 동시에 가져야 한다. 맞춤법 검수는 검열이나 통제라기보다는 독자를 위해 플랫폼과 작가가 함께 짊어져야 할 책임이라 할 수 있다. 사실 웹툰 관련 부서에 맞춤 법과 관련한 원칙을 마련해 두고 어학 관련 전공자 한 명만 새 롭게 배치해도 거의 해결할 수 있는 문제다. 비용의 문제는 아 닐 테고 웹툰이라는 새로운 장르와 포털이라는 새로운 플랫폼 이 가진 영향력을 제대로 인식하지 못한 탓이 아닐까, 싶다.

웹툰은 이제 새로운 시대의 새로운 장르로 완전히 우리의 일상에, 특히 젊은 세대의 일상에 자리 잡았다. 그만큼 무거운 책임감을 플랫폼 제공자와 작가들이 함께 느껴야 할 때다.

2장 손짓하다

고등학생 우기명은
패션왕이 되는 데 실패했고
대학생 우기명도
복학왕이 되지 못할 확률이 높다.
그러나 그는 다시금 '취업왕'이나
'퇴직왕', '창업왕'이 되기 위한
그 어떤 도전에 나설 것이다.

/ 패션왕

작가 기안84, 2011년 5월 5일부터 2013년 6월까지 네이버에 연재되었다. "멋있
어지고 싶은 그들의 이야기"라고 공식적으로 소개되어 있다. 고등학생들이 교
복으로 패션 대결을 한다는 특이한 설정으로 10대 독자들에게 엄청난 호응을
얻었다. 연재 후반부에서 개연성을 벗어난 무리한 전개가 계속되고 급작스럽게
마무리된 것이 아쉽다.

/ 복학왕

작가 기안84, 2014년 6월 10일부터 네이버에 연재되고 있다. "패션왕 우기명이
돌아왔다!"라는 공식 소개처럼, 두 작품은 연작으로 보아도 좋다. 그냥 돌아오
기만 한 것이 아니라 기안84도, 우기명도, 모두 이전보다 성장했다. 다음 '왕 시
리즈'가 기대된다.

섬세하게 밑바닥을 훑는
시대의 작가 기안84

'기안84'는 웹툰 〈노병가〉[*]로 자신의 이름을 알렸다. 의경 기동대에서 벌어지는 구타 및 가혹 행위를 여과 없이 그려낸 이 작품은 20대 남성들 사이에서 꽤나 화제가 되었다. 과장된 것이다 아니다, 하고 의견이 분분했지만 결국은 "우리의 (군대)

---

[*] 〈노병가〉, 야후에서 2009년 연재.

이야기이다."라고 여론이 모였다. 〈노병가〉만큼 사실적으로 그 시기 대한민국 남성들이 겪었을 법한 군 내무반 생활을 그려 낸 작품은 거의 없었다. 주호민의 〈짬〉이 있었고 이후 김보통의 〈D.P 개의 날〉 등도 나왔지만, 〈노병가〉는 군대라는 조직 안의 개인들이 서로에게 가하는 일차적인 폭력을 질감 그대로 그려 냈다는 점에서 구분된다. 그러면서 기안84는 몇 편의 단편을 함께 발표했다. 나이트 부킹과, 아르바이트와, 싸이월드 미니홈피 등을 소재로 한 그 작품들 역시 "우리의 (사랑)이야 기이다."라는 반응을 이끌어 냈다. 그의 그림은 투박했고, 서사는 치밀하지 않았고, 심지어 맞춤법마저도 여기저기가 틀렸다. 그러나 그만큼 자신의 세대를 있는 그대로 내어 보인 작가는 드물었다. 그저 암울하거나 반짝이거나, 아니면 이도 저도 아니게 치부되던 자신들의 세계를 담담히 드러내 보였다.

기안84는 네이버 웹툰 〈패션왕〉으로 돌아왔다. 고등학생들이 '패션'으로 대결한다는 그간 없었던 독특한 소재의 학창물이었다. 평범한 고등학생 우기명이 패션왕이 될 것을 선언하고 자아를 찾아가는 과정을 그린 이 작품은, 10대들의 열렬한 지지를 얻었다. 주인공 우기명과 그를 둘러싼 여러 등장인

고백, 손짓, 연결

물은 그들/우리의 모습 그대로였다. 많은 학창물이 점멸하는 동안 '찐따'와 '일진'의 모습을 그만큼 섬세하게 그려 낸 작가는 없었다. 그것이 많은 10대를, 그리고 그 향수를 기억하고 있는 20대와 30대까지를 모두 독자로 불러냈다. 〈패션왕〉은 기안84가 얼마나 한 세대의 감수성을 있는 그대로 그려 낼 수 있는 작가인가를 증명한, 그러한 작품이었다.

다만, 그는 여전히 서툴렀다. 작화 실력뿐 아니라 검수되지 않은 맞춤법도 여전히 비판 받았다. 업데이트는 항상 늦었다. 무엇보다도 〈패션왕〉을 연재할 때의 기안84는 장편 서사를 이끌어 갈 준비가 아직 되어 있지 않은 작가였다. 그래서 그에 대한 찬사는 어느 지점을 지나며 악평으로 바뀌었다. 패션 대결을 펼치던 우기명이 갑자기 '늑대'나 '닭'으로 변한다거나, 학생들이 모두 식물이 된다거나, 하는 개연성을 무시한 전개가 쏟아져 나오기 시작했다. 그와 같은 작업실을 썼던 웹툰작가 이말년은 "인류 역사상 핵폭탄 이후로 나와서는 안 되는 게 나오고 말았다."고 우기명이 늑대로 변하던 순간을 회상하기도 했다. 결국 〈패션왕〉은 급히 마무리되고 만다.

〈패션왕〉 이후 기안84의 그다음을 기대하는 이들은 많지 않았다. 굳이 평론하자면, 그는 바닥을 드러낼 만큼 드러낸 작가였다. 보여줄 것을 모두 보여준 것처럼 보였다. 그런데 그는 〈복학왕〉이라는 작품으로 1년 만에 다시 돌아왔다. 제목에 '─왕'이라는 접미사를 붙이고는 대학생이 된 우기명의 이야기를 계속 이어나갈 것을 선언했다. 고등학교가 아닌 대학으로 그 공간을 확장한 그는, 그간 자신이 해 왔던 방식을 여전히 고수한다. "있는 그대로 우리 세대의 이야기를 한다."는 원칙을 버리지 않은 것이다. 그것은 다른 작가들이 쉽게 흉내 낼 수 없는, 기안84가 가진 최대의 자산이다. 그는 명문대나, '인서울' 대학이나, 거점국립대가 아닌, '지방의 잡스러운 대학교'의 줄임말인 '지잡대'의 학생들을 그려 내기 시작한다.

졸업한 선배가 철가방을 들고 학교에 배달을 온다거나, 워드 1급 합격을 현수막에 기재한다거나, 동거하는 커플들 간에 생긴 아기의 울음소리로 캠퍼스가 시끄럽다거나, 그러한 현실이 우기명과 봉지은의 눈을 통해 적나라하게 드러난다. 그들은 거기에 절망하고 벗어나고자 하지만 자신들도 자유로울 수 없다. 분위기에 휩쓸려 술을 마시고, 연애를 하고, 시간을 보내

고백, 손짓, 연결

다 보면, 어느새 그 일원이 되어 있는 자신을 발견하게 된다. 물론 기안84는 기안대학교라는 가상공간을 통해 지방대학교의 현실을 무리하게 과장해 냈다. 하지만 이것은 우리 사회가 지방대를 바라보는 시선을 그대로 확장시킨 것이기도 하다. '지잡대'는 이미 지방대를 대신하는 새로운 용어로 자리 잡았다. 패배, 잉여, 루저와 같은 단어의 상징 공간이 되어 버렸고, 좌절과 자기 검열, 무력감의 재생산이 그 구성원들을 깊이 감싸고 있다.

그런데 기안84는 그 공간으로 들어가서 결국 "우리의 이야기를" 다시 꺼내어 나왔다. 기안대의 학생들이 겪는 고민은 평범한 대학생/청년들의 그것과 그다지 다를 것도 없었다. 그들의 술자리가, 연애가, 취업에 대한 고민이, 다시 한 번 모두의 마음을 울렸다. 특히 졸업 이후를 상상하면서는 그 누구도 더 이상 팔짱 끼고 '못난 집 불구경'을 할 수 없게 되어 버렸다. '써울대'와 '욘세대' 명찰을 단 패스트푸드점 매니저는 기안대학교 졸업장을 보며 "감자 튀기는 건 힘들다고요, 이런 스펙으로는." 하고 말한다. 물론 감자를 튀기는 최저시급의 노동에 스펙이 필요하지는 않겠으나, 역설적으로 스펙이 있어도 취업하

2장 손짓하다

기 힘든 시대가 되었다. 그러한 현실에 대한 자조는 서울대생이든 연세대생이든 모두에게 가서 닿을 수밖에 없다. 그 외에도 방학 동안 각종 육체노동을 하며 등록금을 마련하는 우기명과 친구들이, 공무원시험 합격을 위해 노량진에서 분투하는 04학번 누군가가, 밤늦게까지 대학가에서 술을 마시며 인생을 한탄하는 우리들이, 있었다.

고등학교 시절부터 패션왕이 되기를 선언하고 지방대에 진학한 우기명은, 경쟁을 거부한 잉여인간처럼도 보인다. 하지만 그 역시 시대의 욕망에서 자유로울 수 없고 남과 다르지 않은 고민을 안고 살아가는 존재다. 기안84는 우기명이 우리와 다르지 않은 평범한 청춘임을 내어 보였다. 경쟁에 내몰리며 동시에 왕이 되기를 꿈꾸고 다시 좌절하는 우리의 모습을 고스란히 담아낸 것이다.

기안84는 동 세대가 겪고 있는 현실의 밑바닥을 포착해 가장 섬세하게 그려 내는 능력을 가진 작가다. '있는 척'이 아니라, 자신을 내려놓고 '있는 그대로'를 표현할 줄 안다. 이처럼 담담하게 자기 세대의 이야기를 풀어내는 것은 쉽지 않은 일

고백, 손짓, 연결

이다. 나는 그가 계속해서 80/90세대의 르포르타주 연작을 구성해 주기를 바란다. 고등학교와 대학교를 배경으로 한 그의 작품 세계가 이제는 그 바깥으로도 확장될 수 있기를 기대한다.

대학 졸업을 앞둔 우기명은 이제 고작 24세가 되었다. 기안84는 2016년 봄에 〈나 혼자 산다〉라는 방송 프로그램에서 "우기명을 30세까지 쭉 그리고 싶다, 우기명이 장가갈 때까지 독자와 함께 커 가는 만화를 그리고 싶다."고 자신의 꿈을 밝혔다. 고등학생 우기명은 패션왕이 되는 데 실패했고 대학생 우기명도 복학왕이 되지 못할 확률이 높다. 그러나 그는 다시금 '취업왕'이나 '퇴직왕', '창업왕'이 되기 위한 그 어떤 도전에 나설 것이다. 〈복학왕〉을 연재하며 〈체육왕〉과 〈보세왕〉이라는 기획 작품을 짧게 연재하기도 한 기안84는, 이제 '— 왕'시리즈라는 자신의 브랜드를 만들어 냈다. 기안84가 밑바닥에서부터 섬세하게, 2018년에도 다시 한 번 우리의 이야기를 훑어나가 주리라 믿는다. 그는 이제 장편을 연재할 준비가 된 작가다.

오관대왕의 검수지옥에 이르면,
업칭이라는 저울에 올라
죄의 무게를 계량 받아야 하는데,
나는 거기에
2017년의 대한민국이라는 국가를
올려 보는 상상을 한다.
아마도 그 죄의 무게가
가볍지는 않을 것이다.

/ 신과 함께

작가 주호민. 2010년 1월 8일부터 2012년 8월 29일까지 네이버에 연재되었다.
저승에서 변호사와 함께 재판을 받는다는 설정이 작가 특유의 선량한 스토리텔
링과 맞물리면서 큰 인기를 끌었다. 2017년에는 영화로도 제작되어 누적 관객
수 1441만 명을 기록하기도 했다. 이 작품 덕분에 조금은 더 우리 사회가 착해
질 기회를 얻은 게 아닌가, 싶다. 나도 재판에서 나를 변호하기 위해 잠시 몸가
짐과 마음가짐을 정갈하게 했던 기억이 있다.

나는 정의롭게
살아왔을까

주호민 작가의 〈신과 함께〉(저승편)는, 김자홍이라는 평범한 인간의 죽음 이후를 다룬다. 만화 설정에 따르면, 인간의 영혼은 49일 동안 7명의 '대왕'에게 재판을 받게 된다. 진광대왕의 도산지옥, 초강대왕의 화탕지옥, 송제대왕의 한빙지옥, 오관대왕의 검수지옥, 염라대왕의 발설지옥, 변성대왕의 독사지옥, 태산대왕의 거해지옥 순이다. 영혼들에게는 변호사가 한 명씩 배정되어 각 재판에서의 변론을 돕는다.

김자홍 씨는 평범한 회사원이었다. 서른아홉인 그는 직장에서 얻은 과로와 술병으로 어느 날 갑자기 죽었다. 그러니까, '과로사'라는 것이다. 그는 거의 모든 재판에서 승소와 패소의 경계를 오가면서 변호사 진기한의 도움으로 간신히 승소해 나간다. 예컨대, 타인의 마음을 들끓게 한 자를 심판하는 도산지옥에서는 유년 시절에 장난감을 훔쳤다거나, 지갑을 줍고는 몇 만 원을 돌려주지 않았다거나, 하는 이유로 '변수탕형'을 구형 받는다. 이에 진기한은 "이런 사람을 튀기기에는 화탕의 고농축 똥물이 너무 아깝다."며 변론하고, 김자홍은 변수탕을 며칠간 청소하는 것으로 감형 받는다.

송제대왕의 한빙지옥에서는 타인의 마음을 얼어붙게 한 자를 심판한다. 정확히는 타인이 아닌 '부모'다. 법정에 선 김자홍에게 송제대왕은 부모의 흉부 엑스레이 사진을 내어 보인다. 몇 개의 못이 보이고, 그것을 누를 때마다 김자홍의 언행에 상처받은 부모의 모습이 나타난다. 돈이 없어 학원에 갈 수 없는 형편을 두고 화를 냈다거나, 명절마다 부모를 제대로 찾아 뵙지 못했다거나, 하는 것들이다.

고백, 손짓, 연결

김자홍은 부모의 마음에 박은 못을 보며 눈물을 흘린다. 아무래도 지옥에 가게 될 것이라고, 그보다는 지옥에 가야 마땅할 것이라고 마음을 정한 듯하다. 그러나 진기한이 변론을 시작한다. 김자홍의 책상 달력을 증거물로 제출하며, 단 두 군데, '아버지 생신', '어머니 생신', 하고 동그라미가 쳐 진 부분을 가리킨다. 피고인이 언제나 부모를 생각하고 있었으나 불행히도 표현하는 방법을 몰랐을 뿐이라는 것이다. 송제대왕은 그에 수긍하며 "가장 큰 못, 부모보다 먼저 이곳에 옴으로써 박은 못은 어찌 생각하느냐." 하고 묻는다. 진기한은 사인이 '술병'이었으나 부모가 걱정할까 봐 제대로 알리지 못했다고 답하고, 송제대왕은 "부모가 준 몸을 함부로 다루는 것이 죄가 되는 것을 모른단 말이냐!" 하고 호통을 친다.

〈신과 함께〉는 단순히 개인에게 "착하게 살아야겠다."는 두려움만을 불러일으키지 않는다. 오히려, 개인이 어떠한 세상에서 살고 있는가를 돌아보게 한다. 진기한은 송제대왕에게 "술을 먹고 싶어서 먹은 게 아닙니다. 먹지 않으면 회사에서 잘리게 되는데 (…) 피고인의 회사의 책임자야말로 벌을 받아야 마땅할 것입니다." 하고 마지막으로 변론한다. 어떤 미사여구가

들어간 것도 아니지만 "술을 먹고 싶어서 먹은 게 아닙니다."
라는 그 말이 모두의 마음에 가서 닿는다. 재판을 지켜보던 다
른 영혼들조차 "변호사 말이 맞는 것 같아…"라며 웅성대기 시
작한다. 송제대왕은 고민 끝에 "너의 죄질은 평균 이하로 보인
다."라며, 한빙협곡에 네가 들어갈 자리는 없다, 고 판결한다.
바로 이 장면이, 〈신과 함께〉를 우리 시대의 기억할 만한 한 작
품으로 견인해 낸다. 한 개인의 죄의 무게가, 그가 살아간 시대
의 구조적 문제점과 함께 결정되는 것이다. 김자홍과 진기한
은 자신의 몸을 함부로 다룬 죄를 묻는 판관에게 그 몸의 훼손
이 사회의 요청 때문이었음을 밝힌다. 이처럼 개인에 대한 징
벌보다는 개개인을 둘러싼 구조의 합리성을 살피는 일이 먼저
임에도 불구하고, 이승의 우리는 개인에게/스스로에게 유독
가혹하다.

　　주호민 작가는 〈신과 함께〉라는 작품을 통해, 독자들이 '개
인과 사회 구조의 관계'에 대해 끊임없이 뒤돌아보게 만든다.
원귀가 된 어느 병사의 서사에 이르러서는 더욱 그렇다. 그 줄
거리는 다음과 같다. "한 병사가 야간 경계근무 중 오발 사고
를 당한다. 보고를 받은 소대장은 자신의 진급을 위해 몇몇 병

사들과 함께 그를 암매장한다. 도중에 죽은 줄 알았던 그가 깨어나자 흙으로 덮고, 탈영병으로 처리해 버린다. 그의 어머니가 몇 차례나 찾아오지만 그때마다 부대 밖으로 내쫓는다. 죽은 병사는 원귀가 되어 부대를 떠돈다." 저승차사 강림은 원귀를 체포하면서 그를 동정하게 되고, 소대장을 찾아가 이마에 낙인을 새긴다. '무거울 중'이라는 한자어, "죽어서 어떤 변호사도 선임할 수 없고, 모든 지옥을 돌아가며 가중 처벌을 받을 것이고, 육도환생에서 인간문으로 들어갈 수 없게 된다."는 의미이다. 그런데 작가는 그러한 '징악'보다는 소대장의 명령에 복종했던 몇몇 병사들의 서사를 더욱 섬세하게 그려 낸다. 그저 명령이라는 이유로 자신들의 전우를 파묻는 데 동조한 이들이 있다.

군대는 명령이라는 규율 체계에 가장 민감한 조직이다. 개인의 신념, 가치, 자율, 이러한 단어들이 낭만적으로 존재하기는 어렵다. 상부의 명령이었다, 하는 한 마디에 그 어떤 행위도 웬만해서는 처벌 받지 않는다. 우리는 그것을 가슴 아픈 현대사를 통해 부단히 목도해 왔다. 소대장의 명령에 따라 원치 않는 범죄에 가담한 병사들이 과연 '유죄'인가 '무죄'인가, 하는 질문에 그 누구도 쉽게 답하기는 어렵다. 그들은 구조적 폭력에 희생된 개인이기도 하다. 강림은 "너희는 이미 지옥행 티켓을 끊었다."고 말하지만, 잘못된 구조에 저항하지 않는/못하는 개인은 무수히 많다.

　김자홍도, 범죄에 가담한 이름 없는 병사도, 모두 잘못된 사회 구조 안에서 저항할 수 없었던 평범한 '을'이며 '희생양'이다. 주호민 작가는 두 개인의 서사를 통해 두 개의 질문을 함께 던진다. "당신은 어떠한 사회에서 살아가고 있는가?", 그리고 "당신은 어떻게 살 것인가?" 하는 것이다. 단행본의 띠지에는 "정의롭지 못한 세상에서 지금껏 선량하게 살아오신 당신들께 이 책을 바칩니다."라는 문구가 있다. 그대로, 우리는 정의롭지 못한 세상을 살아간다. 오관대왕의 검수지옥에 이르면, 업칭이라는 저울에 올라 죄의 무게를 계량 받아야 하는데, 나는 거기에 2017년의 대한민국이라는 국가를 올려 보는 상상을 한다. 아마도 그 죄의 무게가 가볍지는 않을 것이다. '나쁜 놈'을 가려내는 일보다도 '나쁜 놈들'을 양산하는 사회 구조부터 돌아보고 손대야 한다.

그러나 진기한 변호사와 강림 차사는 개인들에게도 '선량'을 넘어서는 시대적 성찰이 함께 필요함을, 각자의 변론과 행동을 통해 내어 보인다. 적어도 잘못된 구조를 외면해서는 안 된다는 것이고, 그에 가담해 타인에게 희생을 강요해서는 더욱 안 된다는 것이다. 선량함에서 한 발 나아가는 일, 그것이 바로 "죽어서 신과 함께"가 아니라 지금, "살아서 주변의 당신과 함께"해야 할 일이다.

"박힌 못을 빼낼 수는 있지만
구멍은 남는단다."

●〈신과 함께〉 중에서

연
결
하
다

사랑하는 모두의 마음속에는
'박'이 있다.
사랑 세포가 설치한 그 박은
두텁고 견고하다.
그러나 익숙함이 만들어 낸
일상의 폭력들이
콩주머니가 되어 날아와
박을 두드린다.

/ 유미의 세포들

작가 이동건. 2015년 4월 1일부터 네이버에 연재되고 있다. 등장인물의 세포들
에게 각각의 역할을 주고 의인화한다는 독특한 설정을 기반으로 한다. 연애부
터 여러 일상에 이르기까지 세포들의 영향은 절대적이다. 그 와중에 서로 싸우
기도 하고 합의를 이끌어 내기도 하는데, 그 과정을 섬세하게 잘 그려 냈다. 특
히 타인(의 세포들)을 상상하게 한다는 점에서, 타인의 입장이 되어 보는 연습
을 자연스럽게 하게 해 준다.

세포에 각인시키지 않은 연애는
언젠가 끝난다

연애의 시작은 설렌다. 서로를 바라보는 눈에서 꿀이 뚝뚝 떨어진다. 눈길뿐 아니라 오가는 한마디의 말이, 맞잡은 손이, 모두 정답고 다정하다. 마치 온몸의 세포가 상대방과 연결된 것처럼 두 사람은 교감한다. 내가 먹은 맛있는 음식을 너와 함께 먹고 싶고, 내가 들은 재미있는 이야기를 너에게 들려주고는 함께 웃고 싶다. 시시콜콜한 너와 나의 이야기, 그러니까 나는 쌀떡볶이와 밀떡볶이 중 무엇을 좋아하는지, 너는 왜 겨울

에도 아이스커피를 마시는지, 하는 말들을 주고받으면서도 그
저 함께 있어서 행복하다. 게다가 그것은 서로를 알아가는 과
정이기에 모두 소중한 정보다.

웹툰 〈유미의 세포들〉은 사랑하는 연인들에 대한 이야기
다. 작가의 설정에 따르면 사람의 뇌에는 여러 세포들이 있어
서 행동을 결정한다. 우선 이성 세포와 감성 세포가 있다. 이성
세포는 '맷돌'을 굴려 유미의 이성적 선택을 돕는다. 반면 감성
세포는 야근을 하다가도 "붉게 물든 석양을 향해 뛰어가고 싶
다."고 눈물을 글썽인다. 특별한 세포들도 등장하는데 멋지게
차려입은 패션 세포는 예쁜 옷만 보면 신용카드를 꺼내게 만
들고, 머리에 떡볶이를 꽂은 출출이 세포는 밤에 야식을 먹자
고 조르고, 스피커를 머리에 이고 다니는 입방정 세포는 늘 쓸
데없는 말을 해서 감옥에 갇힌다. 주인공인 유미는 이러한 세
포들에 전적으로 영향 받는 존재다. 특히 사랑 세포는 유미가
진심을 다해 사랑하도록 돕는다.

누구에게나 다른 세포들보다 월등한 능력을 가진 '프라임
세포'가 있다. 유미에게는 사랑 세포가 그렇다. 삼일 밤낮을 울

고백, 손짓, 연결

었던 아픈 이별, 작가의 표현에 따르면 '3년 전의 대홍수'를 겪으며 사랑 세포는 혼수상태에 빠졌다. 그 3년 동안 유미는 연애를 하지 않았다. 그러나 호감이 있는 회사 동료와의 술자리에서 알코올 해독 세포들이 술에 휩쓸려가자 사랑 세포가 "오늘은 안 취하는 날이야."라는 말과 함께 깨어난다. 유미는 "많이 마셨는데 왜 이렇게 안 취하지?"라면서 의아하게 생각하지만, 사랑 세포의 힘이다. 우리도 유난히 취하지 않는 날이 있다. 그럴 때면 어느 세포가 안간힘을 쓰고 있을지 모르는 일이다. 〈유미의 세포들〉에는 이처럼 작가의 재치가 빛나는 설정들이 가득하다. 예컨대 '따끈따끈 사랑의 배리어'는 몸 주변에 보호막을 생성시켜 어떤 상황에서도 일정 온도를 유지한다. 사실 사랑하는 사람과 있으면 그와 한쪽씩 나누어 낀 장갑만으로도 손이 따뜻하다. 옷의 두께와 상관없이 주변의 온도는 언제나 벚꽃 핀 봄날이다. 당신이 그렇듯, 작가에게도 그런 특별한 경험이 있었나 보다.

유미는 소개팅에서 만난 구웅과 연애를 시작한다. 둘은 잘 어울리는 우리 주변의 평범한 연인이 된다. 커플티를 맞추고, 기차를 타고 여행을 가고, 회사 앞에서 서로를 기다리기도 한다. 둘의 '꽁냥꽁냥'한 모습이 보는 이들을 설레게 한다. 구웅은 어느 날 늦은 밤에 자신의 집으로 찾아온 유미를 돌려보내고 싶지 않아 한다. 그래서 굳이 가장 큰 컵에 음료수를 담아 건네고, 냉장고를 뒤져 초코 케이크를 내어놓고, 자신의 졸업 앨범을 펼쳤다가, 보드게임을 권하기도 한다. 유미 역시 빌린 물건을 돌려준다는 핑계로 찾아왔지만 그대로 돌아가고 싶지 않기는 마찬가지다. 그러나 그런 분위기를 만들지 못하고 서로 민망해져서 일어난다. 응큼 세포는 울먹이고, 사랑 세포는 웅이의 세포들이 곰돌이 복장을 하고 있을 때부터 웅이가 '미련 곰탱이'인 것을 알아보았다며 실망한다. 그래도 유미의 세포들이 힘을 모아 보낸 텔레파시에 구웅의 세포들이 반응해서 구웅에게 "늦었으니까 자고 가, 유미야." 하는 말을 이끌어 낸다. 마치 내가 연애를 하는 것처럼, 서툴고 따뜻한, 가끔은 아슬아슬하기도 한 두 사람의 모습에 나의/당신의 세포들도 함께 설렌다.

연애의 시작과 함께 찾아온 설렘은 시간이 흐르면서 점차 익숙함으로 변한다. 더 이상 이전처럼 작은 공통점이나 차이점을 찾아내고서는 아이처럼 들떠 말을 전하지 않는다. 묘하

고백, 손짓, 연결

게 달라지던 목소리의 톤도 점차 일상의 높낮이를 찾고, 옷에 묻은 실밥을 떼어줄 때도 조심스러움이 없어진다. 얇게 썬 밀떡볶이를 좋아하는 것을 알아 자연스럽게 몇 번째 포장마차를 찾아 들어가고, 카페에서 상대방이 말없이 화장실에 가도 계절에 관계없이 시럽을 넣지 않은 아이스커피를 미리 주문해 둔다. 이러한 익숙함이 종종 소홀함으로 느껴져서 "애들처럼 젓가락 집는 게 귀엽다고 밥도 안 먹고 바라보던 그 사람은 어디에 갔어?" 하고 물으면 "아, 그 사람은 지난봄에 죽었지." 하고 답하며 장난스레 웃기도 한다.

유미와 구웅도 어느 단계를 지나 연애의 중반기로 접어든다. 어느 새 1년이 가까워진 그들의 만남은 이제 서로의 눈치를 볼 것 없이 익숙해졌다. 영화관에서 산 팝콘을 서로에게 먹여주지 않는다. 대신 구웅은 입을 벌리고 '쿠우워어' 하는 소리를 내며 팝콘을 흡입한다. 유미가 다급하게 "하나씩 먹어!" 하고 소리치지만 구웅은 이미 절반이나 먹어치운 뒤다. 영화를 보고 나와 코코아와 밀크티를 하나씩 손에 든 그들은, 길거리에서 자연스럽게 그것을 나누어 마신다. 그러면서 유미는 "설레는 기분은 사라졌지만 대신 다른 게 생겼다. 그게 뭔지 정확히 설명하기 좀 어렵지만 그 순간에는 '으이그~'라는 말을 하게 된다." 하고 생각한다. 오래 보아 온, 분명 남이 하면 한 대 쥐어박고 싶을 것 같은 행위, 그런데도 미워할 수 없고 '그래 너니까 괜찮아.' 하는 마음으로 건네는 말이 있다. 유미가 구웅에게 한 그것, 오래된 많은 연인들이 으이그~, 하고는 익숙함과 애틋함을 전한다.

그런데 유미는 얼마 전 구웅에게 "우리 생각할 시간이 좀 필요한 것 같아."라고 말했다. 연애가 시작되던 날, 유미의 사랑 세포는 마을에 커다란 박을 하나 설치했다. 그러고는 세포들에게 "구웅에게 불만이 생기면 여기에 콩주머니를 던져." 하고 말했다. 그래서 이런저런 서운한 일이 있을 때마다 세포들이 몰려가 박을 깨기 위해 콩주머니를 던졌다. 그러나 박은 터지지 않는다. 그러던 어느 날, 좋아하는 추로스를 사 먹기 위해 줄을 선 유미에게 구웅은 "나는 줄 서서 뭐 사 먹는 거 보면 이해가 안 되던데." 하고 말한다. "되게 시간 아깝지 않아?" 하고 덧붙이는 구웅에게 유미는 그럼 다른 것을 먹자며 줄에서 이탈한다.

고백, 손짓, 연결

사실 추로스를 먹기 위해 기다리는 시간도, 추로스를 먹는 시간도, 사랑하는 연인들에게는 모두 연애의 시간이다. 누군가를 위한 배려와 희생이 아니라, 함께하는 그 모든 시간이 소중해야 비로소 연인이 되는 것이다. 추로스를 못 먹은 출출이 세포는 씩씩대면서 박에 거대한 콩주머니를 던진다. 그래도 박은 터지지 않는다. 그날 밤, 유미는 구웅에게 "웅아 오랜만에 데이트하니까 넘 좋다~ㅋㅋ 추로스 못 먹은 건 아쉽지만 다음에는 꼭 내가 말했던 빵집도 같이 가자! 오늘 넘 피곤했을 텐데 푹 쉬고 잘 자~ 히힛." 하고는 문자를 보낸다. 구웅에게서 곧 답장이 온다. "ㅇㅇ." 유미의 예의 세포는 "ㅇㅇ 좀 안 쓰면 안 되나?" 하면서 콩주머니를 발로 걸어차고, 그것이 박에 힘없이 가서 부딪힌다. 그 순간 박이 열린다. 거기에서 "헤어져." 하는 문구가 적힌 현수막이 등장한다.

　사랑하는 모두의 마음속에는 '박'이 있다. 사랑 세포가 설치한 그 박은 두텁고 견고하다. 그러나 익숙함이 만들어 낸 일상의 폭력들이 콩주머니가 되어 날아와 박을 두드린다. 차가운 눈빛, 상대방의 손을 잡는 대신 주머니에 들어간 손, 성의 없는 짧은 문자, 그것이 꾸준히 누적되면서 그 어느 날 느닷없이 연애의 종말을 고하고 만다. 박을 단번에 깨뜨릴 만큼 큰 사건이 일어나기도 하지만, 대개는 아주 작은 콩주머니 하나에 열린다.

이별을 앞둔 구웅은 "소중한 걸 소중하게 여기지 않은 대가는 가혹하다"는 것을 깨닫는다. 우리의 연애도 그렇다. 설렘은 곧 익숙함이 되고, 그에 따라 가장 소중한 사람을 소홀하게 대하곤 한다. 한번 열린 박을 다시 닫을 수는 없다. 사랑 세포는 박이 터지기 전까지 전력을 다해 사랑하는 것도 자신의 임무이지만 박이 터지면 돌아서는 것도 자신의 임무라고 말한다. 박이 견뎌 내지 못하는 연애를 계속할 수는 없기 때문이다. 그래서 연애는 익숙함이 소홀함이 되지 않게 하는, 소중한 것을 지켜 내는 끊임없는 투쟁일 것이다. 처음의 설렘과 반짝반짝함을 세포 하나하나에 잘 각인시켜 두어야 한다. 그러지 않으면 사랑은 언젠가 끝난다.

고백, 손짓, 연결

모든 타인은 '미지의 존재'다.
자기 자신도 제대로 규정해 낼 수 없는
미지의 세계에서 우리는 살아간다.
그래서 누군가를 완벽히 이해했다고
믿는 일은 '폭력'이고 '가해'가 된다.

／ 미지의 세계

작가 이자혜. 2014년 8월 1일부터 2016년 6월 24일까지 레진코믹스에 연재되었다. 대학생 '미지'의 일상과 그의 상상을 가감 없이 드러내서, 젊은 여성을 중심으로 많은 호응을 얻었다. 나에게는 모든 타인이 '미지의 세계'이며 결국 완전히 타인을 이해하는 것은 불가능에 가깝겠다고 생각하게 한 작품이다.

너와 나 모두는
미지의 존재다

'지방시의 강의실'이라는 주제로 대중강연을 했다. '지방시'는 2015년에 쓴 『나는 지방대 시간강사다』라는 책의 약어다. 짧은 기간이었지만 대학에서 강의하는 동안 강의실은 나에게 특별한 공간이었다. 그래서 그 의미와 가능성에 대해 나름의 이야기를 하고자 했다. 젊은 전직 시간강사의 부족한 강연이었지만 그에 호응한 현직 시간강사들이 자리를 채워 주었다. 그런데 강연보다도 그들의 경험과 철학을 듣고 싶어졌다. 그래서 될 수 있는 한 빠르게 나의 말을 마치고, 그들에게 "당신들의 강의실은 어떻습니까?" 하고 물었다.

자유로운 발언 기회가 주어지자 강사들은 곧 학생에서 자기 본연의 자세로 돌아왔다. 그러고는 저마다 자신의 이야기를 시작했다. 독특한 강의 방식을 말하기도 했고, 수업을 제시간에 끝내는 것이 좋은지 어떤지 의견을 나누기도 했고, 강의 평가 결과를 공유하며 웃음 짓기도 했다. 그때를 돌이켜 보면 나를 포함해 대부분이 학생을 이해하는 '좋은 선생님'으로 자신을 규정해 나갔다. 그 강의실에 '나쁜 선생님'은 단 한 명도 없었다. 그런데 묵묵히 지켜보던 누군가가 조용히 손을 들었다. 앳된 얼굴이었다. 그는 자신을 모 여대에 다니는 2학년 학부생이라고 소개했다. 그러고는 모두에게 "『미지의 세계』라는 만화를 보신 일이 있나요?" 하고 물었다. 그러나 그 자리에 있던 누구도 『미지의 세계』를 몰랐다.

『미지의 세계』는 '미지'라는 대학생의 일상을 그린 연작 만화다. 주인공 미지는 주변에서 흔히 볼 수 있는 평범한 대학생이다. 전공 공부를 하고, 아르바이트를 하고, 연애를 하고, 좋

고백, 손짓, 연결

아하는 인디밴드의 공연을 보러 간다. 그러나 미지의 세계는 결코 평범하지 않다. 특히 상상 속에서는 욕설도 거침없이 하며 누군가를 죽이고 싶다는 욕망을 쉽게 분출해 낸다. 자신보다 발표를 잘한 학생을 '묻지 마 폭행'의 희생양으로 만들고, 그의 가족을 강제 수용소로 보내고, 가스실에서 죽게도 만든다. 그러한 감정의 진폭이 대개 여과 없이 그려진다. 미지는 그러한 모습을 스스로 혐오하지만 동시에 누군가에게 피해를 주는 것도 아니니 괜찮다고 합리화한다. 그러면서 누구나 숨기고 싶지만 자신의 세계에서 가능한 모든 것에 대해서도 적나라하게 내보인다. 예컨대 섹스, 성적 취향, 가난, 담배, 음주와 같은 것들이 모두 작품의 주된 소재가 된다. 마치 가면을 벗은 모든 인간의 세계를 그리고 있는 듯하다. 식상한 표현이지만, 정말이지 '그로테스크'하다.

학생이 손을 들었을 때 강사들은 '조별과제'에 대한 토론을 하던 참이었다. 조별과제 때문에 고통 받는 학생들이 많은 것을 모두 이해하고 있으며, 그래서 어떤 특별한 방법을 도입했는가 하는 것이 주가 되었다. 어느 강사는 조장에게 조원 평가의 권한을 준다고도 말했고, 기말시험에 조원의 이름을 모두

써내게 해 참여도를 평가한다고도 했다. 저마다 학생들의 참여를 독려하는 여러 방식에 대해 이야기했다. 그런데 학생은 우리의 고민은 그런 거창한 것이 아니에요, 하고 '자신의 세계'를 말하기 시작했다. 그것은 대학의 강의실을 구성하고 있는 수많은 미지들의 목소리이기도 했다.

그에 따르면 미지는 조별과제 점수를 잘 받고 싶은 욕망보다는 우선 조별과제 모임에 부담을 느끼는 존재다. 자신이 지출해야 할 커피값, 밥값, 술값과 같은 비용을 걱정하는 것이다. 대학생들의 모임은 대학의 강의실과 세미나실뿐만 아니라 카페나 패밀리레스토랑에서도 이루어진다. 조원들의 단합을 위해서 그것을 더욱 선호하는 일도 많다고 한다. 그러면 커피 한 잔에 더해 나누어 먹을 케이크나 아이스크림을 시켜야 하고, 자리를 옮겨 저녁 식사라도 함께하게 되면 지출 비용이 계속 불어난다. '미지들'에게 조별과제의 모임이 학교 바깥으로 이어지는 것은 두려운 일이다. 강사는 전혀 의도하지 않았다고 해도, 어느 수업의 커리큘럼이 누군가의 일상을 흔들어 놓을 수도 있는 것이다.

고백, 손짓, 연결

미지는 술자리가 마음에 들면 자리에서 빠져나와 편의점에 달려가 급히 술을 마신다. 취하는 데도 돈이 필요한데 그러면 싼 값에 취할 수 있기 때문이다. 그리고 다시 자리에 돌아가 일행과 어울린다. 어느 날은 막차가 끊겨 비명을 지른다. 야간의 택시비는 계획에 없던 지출이다. 결국 택시에 올라타 '조건만남'이라도 해야 할까, 하는 상상에 빠진다. 형편이 넉넉한 친구가 택시비에 보태라며 5만 원을 주는 날도 있지만 미지는 그 돈을 받아들고는 24시간 카페에 들어가 밤을 새고 첫차를 탄다. 마음에 드는 교수님이 수업 중 추천해 준 책이 있으면 빌려 읽기 위해 도서관으로 달려간다. 하지만 언제나 자신보다 빠른 학생들이 있고 책 읽기는 포기한다. 아르바이트를 해도 책을 사는 일은 가장 뒤로 밀리고 결국 사지 못한다.

강의실의 미지는 수강철회를 해야 했던 아픈 기억에 대해서도 이야기했다. 강의 첫 시간에 강사는 학기 중 모든 수강생이 함께 1박 2일로 전주영화제에 참석해야 한다고 공지했는데, 그것은 커리큘럼에 없는 내용이었다. 어떤 학생들은 재미있겠다며 기뻐했지만 미지는 조용히 그 강의실에서 빠져나왔다. 1박 2일의 경비를 지출해야 한다는 것이 그에게는 부담이었다. 연극 과목을 강의한다는 어느 강사는 "저도 연극을 보고 오라고 말하지만 그래도 커리큘럼에는 써 놔요…"하고 말했는데, 미지가 그것을 어떻게 받아들였을까는 알 수 없다. 미지의 이야기를 듣는 강사들의 표정은 점점 복잡해졌고 강의실의 공기는 무거워졌다. 그럴 리가 있느냐, 하는 표정을 짓는 이들이 많아지자 그는 "이것은 저와 제 주변의 이야기이기도 해요."하고 말했다. 그리고 한 마디를 덧붙였는데, 그것이 그 자리의 모두를 부끄럽게 만들었다.

"대학에서의 가난은 잘 드러나지 않아요."

나는 그간의 여러 글에서 강의실이라는 공간과 학생이라는 주체에 대해 자주 언급하고 규정해 왔다. 그런데 수많은 미지라는 개별 주체로서 학생들을 섬세하게 바라보았는지, 아니면 하나의 집단으로 속 편히 대상화해 온 것인지, 자신이 없어졌다. 무엇보다 학생들이 '가난'으로 계급화될 수 있다고 생각해 본 바가 없다. 그러한 감정이 나뿐 아니라 그 강연에 참석했던 여러 젊은 강사들의 표정에서도 그대로 읽혔다. 강의실에 더 이상 '좋은 선생님'은 없었다. 강연이 끝나고 나는 학생

고백, 손짓, 연결

을 따로 찾아 감사를 전했다. 그런데 나 말고도 그런 강사들이 더 있었다. 안면이 있는 어느 선배 강사는 상기된 표정으로 나에게 "오늘 강의는 네가 아니라 저 학생에게 들었어."라고 말하고는 그동안 강의실의 학생들을 이해했다고 생각했지만 정작 아무것도 몰랐던 것 같아 부끄럽다, 고 덧붙였다.

우리에게는 타인을 규정하려는 버릇이 있다. 교사와 학생의 관계에서는 물론이고 세대, 성별, 지역 등 모든 사회적 관계에서도 마찬가지다. 청년은 이래야 한다, 여성은 그래야 한다, 어느 지역은 저러하다, 하는 편견을 담은 규정이 넘쳐난다. 그러나 모든 타인은 '미지의 존재'다. 자기 자신도 제대로 규정해낼 수 없는 미지의 세계에서 우리는 살아간다. 그래서 누군가를 완벽히 이해했다고 믿는 일은 '폭력'이고 '가해'가 된다.

강의실에서도, 그리고 2016년 5월의 강남역에서도, 우리는 모든 타인이 '미지'임을 전제해야만 한다. 내가 그랬듯 누구도 쉽게 공감할 수 없을 것이지만, 그렇기에 이 작품은 의미가 있다.

3장 연결하다

손오공은 혼자서
지구를 지킨 일이 별로 없다.
언제나 천진반과 야무치, 차오즈 같은
'별 볼 일 없어 보이는 친구들'의
힘을 빌렸고,
지구의 모든 생명체에게
힘을 나누어 주기를 부탁했다.

/ 드래곤볼

작가 토리야마 아키라, 1984년부터 1995년까지 일본의 주간 만화잡지 〈소년점 프〉에 연재되었다. 주인공인 손오공이 자신보다 강한 상대와 계속 싸우며 성장 해 가는 모습을 그렸다. 초기에는 소소한 악당들과 유쾌하게 싸우는 아기자기한 소년만화 같은 분위기였지만, 나중에는 전 우주를 배경으로 하는 전투로 확장되 어 버린다. '인생 만화'까지는 아니더라도 이 만화를 보지 않고 자란 7080 국민 학생은 거의 없다. 해적판 만화책이 많을 때여서 손오공의 동료인 크리링을 '사 오정'으로, 오룡을 '저팔계'로 번역하고 에네르기파를 '아메가메파'라거나 '에너 지파'라고 번역한 책들이 많이 돌아다녔던 기억이 난다.

드래곤볼

연대의 힘

외부의 힘을 빌리지 않고 자신들의 목소리를 내고자 하는 움직임이 높아지고 있다. 특히 기존 '운동권'의 개입을 원치 않음을 명확히 하는 이들이 늘었다. 어째서 연대하려는 이들을 배제하느냐는 비판의 목소리도 있지만, 온전한 주체가 되기 위한 당사자의 욕망이자 기존의 방법론을 따르지 않겠다는 선언일 것이다. 정해진 구호와 투쟁가를 부르는 대신, 자신들에게 가장 익숙한 문법으로 싸워 나간다. 예컨대, 민중가요 대신 소녀시대의 「다시 만난 세계」를 부른다든지, 깃발에 소속이 아닌 고양이나 장수풍뎅이를 그려 온다든지, 하는 것이다. 이것은 일면 유쾌한 변화인 동시에 연대라는 단어가 이전과는 다른 방식으로 구현되고 있음을 다시 한 번 실감케 한다.

『드래곤볼』은 따로 부연이 필요 없을 만큼 유명한 만화다. 그런데 단행본으로 42권에 이르는 이 작품의 긴 서사를 관통하는 하나의 단어가 있다. 그것은 바로 '연대'다. 섬세하게 살펴보면, 연대의 세계관이 치밀하게 곳곳에 구현되어 있다. 특히 손오공의 승리는 언제나 '원기옥'과 '퓨전'으로 상징되는 연대의 승리였다.

서사 초반, 손오공은 베지터와의 싸움을 앞두고 비장의 무기인 원기옥을 배운다. 이 기술은 주변의 모든 생명체로부터 상대방을 공격할 에너지를 조금씩 나누어 받는 것이다. 어느 단계를 넘어서고부터 계왕권은 더 이상 쓰지 않게 되었지만 원기옥은 작품의 후반부까지 꾸준히 등장한다. 마인부우와의 마지막 싸움, 그 대미를 장식하는 것 역시 원기옥이다. 손오공은 처음 원기옥을 사용하며 다음과 같이 말한다. "살아 있는

고백, 손짓, 연결

모든 것들아, 내게 아주 조금씩만 힘을 나눠다오." 그는 지구의 풀과 나무, 주변의 인간에 이르기까지 모든 생명체로부터 조금씩 에너지를 나눠 받아 베지터에게 승리한다. 그 이후에도 거대한 악에 대항할 때마다 손오공의 전투력은 대개 조금씩 부족했고, 그에 따라 외부의 에너지를 빌려야 했다. 그것은 곧 '연대의 힘'이라고 정의할 수 있을 것이다.

원기옥을 모으는 주체는 연대의 구심점일 수밖에 없다. 그는 선하고 정의로워야 하고, 무엇보다도 충분한 역량을 가지고 있어야 한다. 손오공의 동료인 크리링은 원기옥의 에너지를 전달 받았지만 그것을 제대로 명중시키지 못한다. "뭐 해 이 멍청아! 그걸 빨리 쏴야지!"라고 하는 주변의 개입에 휘둘려 "제기랄"이라는 말과 함께 될 대로 되라는 식으로 던져 버린 것이다. 연대의 힘을 이끄는 이가 역량이 부족하다면 이러한 일이 벌어진다. 어떤 거대한 힘이 어렵게 조직되었다고 해도, 이처럼 그 구심점이 흔들리면 와해되는 것은 순식간이다. 연대의 힘을 잘못 사용했을 때 벌어지는 혼란, 실패했을 때 따르는 고통, 혹은 악한 목적을 가진 이에게 이용되었을 때의 절망, 이런 것을 우리는 아픈 현대사를 통해 목도해 왔다. 거리에 모인 수많은 사람들은 누군가의 잘못된 결정에 따라 뿔뿔이 흩어지고, 결집된 거대한 에너지는 그렇게 거짓말처럼 소멸해버리기도 한다.

『드래곤볼』에서 전투력을 높이는 주된 방법은 물론 끝없는 수련이지만, 단기간에 전투력을 끌어올리기 위해 하는 어떤 행위가 있다. 그것은 그 주체가 선역과 악역 중 어느 편에 속해 있는가에 따라 근본적으로 달라진다. 우선 셀과 마인부우 등 대표적인 악역들이 사용하는 방법은 '흡수'다. 인간을 닥치는 대로 흡수해 자신의 전투력을 증폭시킨다. 마인부우는 도시 전체의 사람들을 초콜릿으로 만들어 먹어 치우고, 피콜로, 손오반 등 전투력이 높은 선역을 흡수하는 식으로 전투력을 계속해서 높여 간다. 선역들이 그에 대항하기 위해 최종적으로 뽑아 든 카드는 '퓨전'이다. 두 사람이 함께 일정한 동작을 하며 손가락을 맞대는 순간 둘은 30분 동안 한 몸이 되고 전투력이 대폭 상승한다. 나중에는 귀걸이를 다는 간편한 방식으로 바뀌는데, 이것으로 손오공과 베지터는 마인부우에게 맞선다. 흡수가 그 피주체에게 어떠한 동의를 구하지 않는 일방적인 폭력이라면, 퓨전은 두 주체가 서로 합의하고 손을 잡는 연대 행위라고 할 수 있다. 작품에서는 퓨전의 시너지 효과가 훨씬 큰 것으로 묘사된다. 소수의 연대가 폭력적인 방식으로 덩치를 키운 다수에게 승리하는 것이다.

마인부우와의 마지막 싸움을 앞두고 손오공과 베지터는 귀걸이를 파괴시킨다. 그리고 각자의 힘만으로 싸우겠다고 말한다. 무모한 선택에 패색이 짙어지는 순간, 작가는 다시 한 번 '원기옥'이라는 카드를 꺼낸다. 퓨전이 선택 받은 소수의 연대라면, 원기옥은 평범한 다수의 합의를 거친 연대다. 그런데 여기에서 작가는 연대의 어려움을 극명하게 드러내며 효과적인 연대 방식에 대해 고민하게 만든다. 손오공과 그의 친구들이 모은 에너지는 마인부우를 쓰러트리기에 부족했다. 그래서 손오공은 모든 지구인들에게 협력해 줄 것을 부탁하지만, 소수만이 그에 동참한다. 손오공이라는 개인을 믿을 수 없기 때문이다. 악마의 함정이라며 오히려 악담을 퍼붓기도 한다. 지구와 우주가 어떻게 되어도 상관없느냐는 절박함을 전달하지만 "부탁하는 태도가 건방져.", "저런 건 무시해 버리자."라는 반응이 돌아올 뿐이다. 그저 손을 들어 올리면 되는 간단한 일임에도 불구하고 그렇다.

가까운 이들을 설득하고 협력을 요청하는 일은 쉽다. 하지만 어느 범위를 넘어선 연대는 단순히 절박함을 전달하는 것으로는 이루어지지 않는다. 그러니까, 지구와 우주를 위한 일이라고 해도 이처럼 어려운 것이다. 대의나 정의를 내세운다고 해도 효과적인 설득의 과정이 없다면 그것은 실패하고 만다. '미스터 사탄'의 도움으로 우여곡절 끝에 마인부우를 해치울 만큼의 에너지가 모였지만 체력이 떨어진 손오공은 그 원기옥을 감당하지 못한다. 작가는 이를 통해 다시 한 번 연대의 힘을 사용하는 주체는 어떠해야 하는가를 내보인다. 결집된 힘을 폭발시킬 준비가 되어 있지 않다면 연대는 성공할 수 없다. 드래곤볼을 통해 "체력을 회복시켜주세요."라는 소원을 빌고서야, 손오공은 마인부우에게 원기옥을 명중시킬 수 있었다.

연대의 세계관으로 다시 읽는 『드래곤볼』은 새롭게 다가온다. 손오공은 혼자서 지구를 지킨 일이 별로 없다. 언제나 천진반과 야무치, 차오즈 같은 '별 볼 일 없어 보이는 친구들'의 힘을 빌렸고, 지구의 모든 생명체에게 힘을 나누어 주기를 부탁했다. 그렇게 저마다의 작은 에너지가, 그러한 촛불이 하나둘 모여 대항 가능한 전선이 형성되는 것이다. 물론 우리는 작

고백, 손짓, 연결

은 연대만으로도 승리할 수 있다. 잘못된 사업을 철회하게 만들 수 있고, 누군가의 사과를 이끌어 내는 일도 가능하다. 때로는 그것이 더욱 효과적인 방식이 되기도 한다. 손오공과 그 친구들의 에너지만으로도 가끔은 지구를 지켜 낼 수 있다. 그러나 마인부우와 같은 거대한 악은 언제나 존재하고, 그때 우리에게는 더욱 큰 형태의 연대가 필요하다. 우리는 함께 켠 촛불의 힘이 얼마나 큰 것인가를 이미 경험했다. 특히 '선한 연대'는 쉽게 무너지지 않는다. 원기옥은 악의 기가 없는 이들이라면 그 에너지를 전달 받아 사용할 수 있는 것으로 설정되어 있다. 실제로 손오반은 빗나간 원기옥을 되받아친다. 선한 연대, 이것은 『드래곤볼』 서사의 중심을 면면히 흐르는 가장 큰 세계관이다.

전선이 아닌 전쟁에서 승리하기 위해서, 계속해서 선한 연대를 고민해야 한다. 현실의 우리에게는 드래곤볼이 없기에, 결국 맞잡을 것은 우리의 손뿐이다.

"살아 있는 모든 것들아,
내게 아주 조금씩만 힘을 나눠다오."

●『드래곤볼』 중에서

가족적 우애라는 것은 실상
회사가 원하는 수직적 관계로만
구현되기 마련이다.
젊은 구직자들 사이에는
그러한 공고를 한 업체는
피해야 한다는 분위기가
오히려 형성되어 있다.
'가족 같은 분위기'는 대개
거기에서 '가'를 빼고 읽으면
틀림없이 맞다는 것이다.

/ **팀장님 만화**

작가 짠짠맨, 2017년 6월부터 디시인사이드 '카툰-연재 갤러리'에 연재되었고,
2018년 6월 기준으로 작가의 개인블로그에 비정기적으로 연재되고 있다. 권위
적이거나 냉철한 상사의 이미지에서 크게 벗어난, 다소 엉뚱하고 지나치게 따
뜻한 '팀장님'이라는 캐릭터를 그려 내서 큰 호응을 얻었다. 특히 "아프니까 청
춘이야."라기보다는 "아프면 빨리 병원에 가, 어서 월차 쓰고 가서 쉬어."라고 말
하는 직장 상사가 필요한 시대가 되었음을 알게 해 준 작품이다. 무엇보다도 이
작가는 '귀여움'의 포인트를 잘 알고 있는 듯하다. 적절하게 배치된 "호에에엥"
이라는 감탄사는 정말 매력적이다.

(가)족 같은 관계의
대리인간들

작가 B는 나에게 '월간 대리'라는 잡지를 창간하려 했다고 말했다. 그에 따르면 대한민국의 모든 회사에는 '대리'라는 직책이 있고, 게다가 우버도 뚫고 들어오기 어려운 '대리운전'이라는 직업까지 있으니 100만 명의 독자는 이미 확보되었다는 것이었다. 내가 『대리사회』의 저자라는 것을 알고 농담 삼아 건넨 말이겠지만, 그는 정말 선배와 함께 그런 대화를 나누었다고 했다.

사실, 우리 주변에는 대기업부터 중소기업에 이르기까지 많은 '대리'들이 있다. 그에 더해 그들과 수직적 관계를 맺는 '팀장'이라는 직책이 있다. 대리와 팀장은, 평범한 회사원이라면 누구나 필연적으로 거쳐 가야 할 가장 흔한 관계다. 어느 팀장을/대리를 만나느냐, 그가 나와 얼마나 맞느냐/맞지 않느냐, 하는 것은 회사 생활의 많은 부분을 차지한다. 매일같이 좋든 싫든 얼굴을 맞대야 하는 그 관계에서 스트레스를 받는다면 일상이 망가질 수밖에 없다. 그래서 좋은 게 좋은 거라며 상대방의 기분을 맞춘다. 위에서도 아래의 눈치를 보고, 아래에서도 위의 눈치를 보지만, 대개의 수직적 관계에서는 아래에서의 그것이 조금 더 일반적이거나 절박하다. 그래서 김 대리와 이 대리는 오늘도 상사의 기분을 곁눈질한다.

〈팀장님 만화〉라는 연재물이 등장했다. '내 엉덩이가 너무'라는 필명의 작가가 자신의 회사 생활을 소재로 해 디시인사이드 '카툰-연재 갤러리'에 연재한 이 작품은, 편당 조회 수가 10만 건에 이를 만큼 큰 인기를 끌었다. 아마추어 작가가 그림판이라는 기본 소프트웨어를 사용해서 정말이지 평범한 회사에서의 일상을 그려낸 것뿐인데도 그랬다. 사람들은 '팀장님'

고백, 손짓, 연결

이라는 캐릭터에 열광했다. "이런 팀장님 있으면 회사 다닐 만할 듯.", "저 회사는 진짜 구글 복지 안 부러운 거 아니냐?" 하는 호의적인 댓글들이 수백 개씩 달렸다.

　몇 개의 단편 중, 「팀장님 치매 예방해 주다가 전쟁으로 번진 만화」의 줄거리를 소개하면 다음과 같다. 건망증으로 고생하는 팀장님이 걱정된 이 대리는, 치매 예방에 도움이 된다는 공예 재료품을 사서 그의 집을 방문한다. 그의 컴퓨터에서 '치매 예방법'과 같은 최근 검색어를 발견하고서다. 이 대리의 표현에 따르면 세상 슬픈 표정으로 누워서 TV 예능 프로그램을 보고 있던 팀장님은 "너 임마 진짜 임마, 너 좋은 짜식이다 임마 진짜, 지점토 임마, 이런 걸로 날 이렇게 감동 먹이면 임마 진짜, 넌 진짜…"라며 눈물을 글썽인다. 다음 날, 팀장님은 피곤해 보이는 얼굴로 직접 만든 거북이를 수줍게 내민다. 그런데 다음 날도, 그 다음 날도, 계속 팀장님의 공예품이 선물로 들어오고, 2주가 지난 후에 이 대리는 무언가 잘못되었음을 깨닫는다. 사무실 책상이 '잠이 안 와 만들어 본 곰', '다리가 있으나 못 일어나는 정체불명의 펭귄', '잘 만들었다고 칭찬했다가 증식해 버린 달팽이들' 등으로 가득 차 버린 것이다. 이 대리는 자신도 같은 공예 재료품을 사서 아침마다 서로 선물을 교환하는 것으로 '수공예품 선물전쟁'을 시작한다. 둘은 '5분 만에 만든 포효하는 드래곤'이나 '잠꼬대하다 만든 환호하는 도룡뇽' 같은 것을 주고받는다. 그러던 어느 날 이 대리는 팀장님은 '선물을 주고받는 것을 즐기는 자'이지만 자신은 '복수심만 가득한 자'였던 것을 알고는 부끄러워진다. 그날 이 대리는 술을 한잔 사며 자신의 마음을 털어놓는다. 그러자 팀장님은 말을 끊는 일 없이 모두 끄덕끄덕, 하며 들어 주고는 환하게 웃으며 괜찮다고 말해 주는 것이다. 이 대리는 다음 날 감사의 의미로 선크림을 팀장님 책상에 올려놓는다. 그것으로 전쟁이 끝나야 했지만, 팀장님은 일주일 뒤 선크림 범벅을 한 얼굴을 하고는 호머 심슨을 닮은 천하대장군 공예품을 답례로 내민다. 이 대리는 "넘모 든든해요… 감사합니다…"라며 당분간 팀장님에게 선물은 하지 않아야겠다고 다짐한다.

위의 줄거리에서 볼 수 있듯, 이 대리와 팀장님의 관계는 회사 안과 밖을 넘나든다. 회사에서만 '코스프레'하듯 위태롭게 지속되는 것이 아니라 그 바깥으로도 연장되는 것이다. 실장님이 "두 분 뭐 사귀고 그런, 약간 그런 사이십니까?" 하고

고백, 손짓, 연결

심각하게 물을 만큼, 두 사람의 사이는 '사내 연애'를 방불케 하는 유쾌하고 가슴 설레는 것으로 그려진다. 그러나 여기에서 소위 BL물, 그러니까 남자들의 연애를 읽어 내는 사람은 없다. '설렌다'는 의미는, 나에게도 저런 팀장님이/대리가 있으면 얼마나 좋을까, 하는 상상으로 확장된다. 회사 바깥에서도 서로의 일상을 유쾌하게 공유하는 그들의 모습은 마치 '일상의 판타지'와 같다.

사실 '가족 같은 관계'는 많은 회사에서 권장하는 바다. 당장 구인 공고만 보더라도 많은 업체들이 사무실의 가족 같은 분위기를 내세우거나, 아니면 거기에 편입될 만한 '원만한 성격'의 신입사원을 찾는다. 그러나 그 가족적 우애라는 것은 실상 회사가 원하는 수직적 관계로만 구현되기 마련이다. 젊은 구직자들 사이에는 그러한 공고를 한 업체는 피해야 한다는 분위기가 오히려 형성되어 있다. '가족 같은 분위기'는 대개 거기에서 '가'를 빼고 읽으면 틀림없이 맞다는 것이다. 아니면 가족이 동원되는 소규모의 회사, 자신 빼고 정말 모두 피가 섞인 가족이더라, 하는 경험들도 종종 소개된다.

이 대리와 팀장님 역시 '가족적'이다. 회사 동료라고 하기에는 너무나 가깝고 일상의 영역까지 그 관계가 확장된다는 점에서 그렇다. 그것은 "우리는 가족이다." 하는 구호를 외치는 것으로는 절대로 이루어지지 않는다. 단순히 함께 프로젝트를 진행하고, 회식 때 옆자리에 앉고, 주말에 등산을 가는, 그런 방식으로는 불가능하다. 특히 위로부터 하달되는 가족적 우애는 전근대적 부자 관계를 강요하는 것이기 쉽다. '아버지 같은 부장님/교수님', '친형 같은 팀장님/선배님'과 같은 관계는 결국 명령에 일사불란하게 움직이는 복종, 그것을 의미한다. 가부장적 아버지에 따라 모든 가족이 한 방향을 향해 나아가는, 야근과 주말 근무마저도 헌신과 정으로 포장되어 버리고 마는, 우리의 자화상이다.

팀장님이라는 캐릭터가 인기를 끄는 것은, 그가 보이는 가족적 우애가 자신의 권위를 먼저 내려놓는 방식으로 작동하기 때문이다. 격의가 없고, 소탈하고, 무엇보다도 사람을 믿으며 먼저 손을 내밀기에, 팀장님은 직장 상사가 아닌 수평적 관계에 선 한 인간으로서 모두에게 가서 닿는다.

고백, 손짓, 연결

나는 회사라는 조직에 소속되어 보지는 못했고 대학원 생활을 오래 했다. 거기에도 부장이 있고, 팀장이 있고, 대리가 있고, 각각의 역할을 맡은 사람들은 있었다. 특히 '팀장님들'이 있었다. 그중 어느 팀장님은 회식 비슷한 것을 하게 되면 몇 안 되는 대학원생들에게 "야, 뭐가 먹고 싶냐?" 하고 물었다. 다들 딱히 대답을 하지 않았는데, 결국 그가 원하는 대답이 있는 것을 알고 있었기 때문이다. 그는 왜 다들 의견이 없느냐며 타박하다가, 누군가가 의견을 내면 "그건 좀 아닌 것 같은데." 하고 말했다. 그러다가 그가 오늘은 이게 먹고 싶지 않냐, 라고 하면 다들 "네 오늘은 그게 땡기네요." 하면서 거기로 갔다. 그 소통의 시간이 끝나고 나면 몇몇은 어차피 정해진 답인데 매번 이게 뭐 하는 거냐, 하며 서로를 보며 웃었다. 누군가의 대리인간이 되어, 그가 지금 무엇을 원하는가 스무고개를 하는 일은 누구에게나 고통스럽다. 만약 '팀장님'이라면 "우리 이 대리가 먹고 싶으면 당연히 가야지이, 나도 먹고 싶었어!"라며 앞장설 것이고, 이 대리는 "호에에엥, 넘모넘모 감사해요, 팀장님!" 하면서 따라나설 것이다. 그러고는 아마도 그들이 좋아한다는 '매콤 달콤 버팔로윙'을 주문해서 콧수염과 입가에 양념을 잔뜩 묻혀 가며 먹을 것이다.

대리라는 직책을 가진, 혹은 자신을 '대리인간'으로 여기는 많은 이들은, 스스로의 권위를 내려놓고 격의 없이 "야 임마 이 대리!" 하고 손을 흔드는 팀장님을 상상한다. 그에게 "호에에엥, 팀장님!" 하고 답할 준비도 이미 되어 있다. 그런 그들이 관리자의 자리에 한 발 다가섰을 때 지금 팀장님의 모습을 있는 그대로 기억할 수 있다면, 회사도, 우리 사회도, '가족적 우애'가 가능한 공간으로 조금은 변화할 것이다.

고백, 손짓, 연결

〈마음의 소리〉의 서사 방식이
1,000화에 이르는 동안
꾸준히 실험되고 구축되었음을
우리는 기억해야 한다.
조석은 웹툰이라는
새로운 시대의 장르와
그 독자에 대해 누구보다도
깊은 천착을 시도해 온 작가다.

/ 마음의 소리

작가 조석, 2006년 9월 8일부터 네이버에 연재되고 있다. 10년이 넘는 기간 동안 거의 단 한 번의 휴재도 없이 성실하게 연재해 왔다. (1,000화를 넘기고 3주 동안 쉬겠다고 한 것이 유일하다.) 단순히 성실하기만 한 것이 아니라 계속해서 독자의 요구에 부응하며 스스로 진화해 나간다. 특히 1~4컷에 이르는 짧은 호흡의 서사를 순차적으로 배치해 나가며 하나의 에피소드를 만드는 것은 놀랍다. 나는 그를 '성실한 천재'로 규정할 수밖에 없는데, 이제 1144화에 접어든 〈마음의 소리〉가 언제까지 계속 연재될지 보는 것만으로도 즐거울 것이다.

시대의 작가,
시대의 독자

얼마 전, IT업계에서 일하는 친구는 내가 쓴 글을 보고는 "레이아웃 봐라, 요즘 이런 글을 누가 읽냐." 하고 말했다. 요약하면 '길다'라는 것이었다. 요즘 긴 글은 누구도 읽지 않으니 글을 더 쪼개라고 했다. 그러면서 자신이 생각하는 모범적인 글을 몇 개 보여 주었다. 짧은 문장과 짧은 문단, 그러니까 '짧은 글'이 그에게는 미덕이었다.

나는 그의 의견에 동의한다. 대학에서 글쓰기 수업을 하면서 계속 강조한 것도 "문장을 짧게 쓰라"는 것이었다. 나는 학생들에게 언제나 다음과 같이 말했다.

"우리가 아는 글 잘 쓰는 사람들, 그러니까 글로 밥을 먹고 사는 사람들은 긴 문장을 한 줄처럼 짧게 느껴지게 씁니다. 그런데 우리는 세 줄이 넘어가면 일단 주술 관계가 안 맞기 시작하고, 내용이 겹치고, 「기미독립선언문」처럼 돼요. 세 줄이 넘는 문장을 한 줄처럼 느껴질 만큼 잘 썼다면 플러스 점수를 주겠습니다. 하지만 그런 게 아니면 점수를 마구 깎겠어요."

'짧은 문장'은 가독성을 높이는 가장 좋은 방법이다. 길게 써야 더 맥락에 맞는 문장이 있지만, 우선은 이래도 되나 싶을 만큼 잘라 두고 다시 이어 붙이는 편이 퇴고하기에도 좋다. 그래서 학생들에게 세 줄을 한 줄처럼 쓸 수 없다면 애초에 한 문장을 한 줄 이내로 짧게 구성할 것을 주문했다.

글을 짧게 쓰는 것은 시대의 요구가 되었다. 정확하게는 '짧아 보이는 글'이 필요하다. 내가 아는 인터넷 매체의 편집장

고백, 손짓, 연결

들은 가독성을 위한 편집 방침을 이미 마련해 두고 있다. 그들이 적극적으로 활용하는 것은 '삽화'와 '소제목'이다. 내가 한 편의 글을 보내면 그것은 곧 여러 장으로 분절되는 동시에 그 사이마다 반드시 그림이 들어간다. 길다 싶은 문장이나 문단이 있으면 어김없이 잘라낸다. 이것은 물론 인터넷·모바일 환경의 확산과 함께 새롭게 형성된 독자를 고려한 결과일 것이다.

그런데 이러한 '시대의 글쓰기'에 지속적으로 부응해 온 웹툰 작가가 있다. 웹툰이라는 장르의 가독성은 일반적인 글쓰기 장르보다야 훨씬 높지만 늘 그런 것은 아니다. 웹툰 작가들 역시 새로운 성격의 독자를 고려해야 한다. 거기에도 글쓰기와 마찬가지로 서사의 여러 방식이 있다. 〈마음의 소리〉의 작가 조석은 그가 의도했든 하지 않았든 새로운 시대의 요청에 끊임없이 부응해 온 특별한 개인이다.

2006년 9월 네이버에 연재를 시작한 그의 대표작 〈마음의 소리〉는 2016년 9월, 10주년을 맞이했다. 10년에 이르는 기간 동안 단 한 번의 휴재가 없었고 꾸준히 인기 순위 최상위권을 도맡아 왔다. 이 도정은 흔히 소재의 탁월함이나 특별한 천재성으로 규정되곤 한다. 하지만 〈마음의 소리〉의 서사 방식이 1,000화에 이르는 동안 꾸준히 실험되고 구축되었음을 우리는 기억해야 한다. 조석은 웹툰이라는 새로운 시대의 장르와 그 독자에 대해 누구보다도 깊은 천착을 시도해 온 작가다.

〈마음의 소리〉는 네이버에서 '에피소드' 장르로 분류되어 있다. 조석과 그의 친구들이 겪는 그로테스크한 일상을 담아낸다. 초기에는 하나의 일화를 10컷 내외의 짧은 호흡으로 구성해 냈다. 그러니까 '단형의 서사'였다. 그런데 조석은 회를 거듭할수록 컷의 분량을 늘려 나가는 동시에 1~4컷에 이르는 극단적으로 짧은 호흡의 서사를 곳곳에 배치해 나갔다. 이것은 마치 만평이나 'N컷툰'을 연상케 한다.

2컷, 3컷, 4컷으로만 구성된 웹툰은 많다. 마인드C의 〈2차원 개그〉, 배진수의 〈하루3컷〉, 이철의 〈4분요리〉 등이 대표적이다. 하지만 이들은 하나의 주제를 정해진 2~4컷에 맞추어 그려 낸다. 반면 조석은 그러한 형식으로 완결된 짧은 서사들을 계속 순차적으로 배치해 나가면서 기승전결에 이르는 서사구조를 완성한다. 독립된 것처럼 보이는 각각의 단편이 순차적으로 모여 하나의 통일성을 지닌 큰 서사를 이루어 낸다는 점에서 연작(피카레스크) 형태의 구성이라고 할 수 있다. 요컨 대 〈마음의 소리〉 서사 구성의 핵심은 '연작단형서사'다. 그러 한 방식의 구성은 600회를 기점으로 자리를 잡았고, 다시 꾸 준한 실험을 거치며 오늘에 이르렀다.

실제로 조석은 자신이 서사(내러티브)에 대한 고민을 하 고 있음을 여러 차례 내비친 바 있다. 웃음의 소재로 활용 한 것들이기는 하지만 "사실 요즘 내러티브에 더 신경을 쓰 긴 했어."(427회), "패턴이 어째? 내러티브가 뭐? 담당자면 다 야?"(537회), "만화 패턴이 늘 똑같아요."(600회) 등, 그가 서사 의 방식에 대해 고민한 흔적은 작품 곳곳에서 드러난다.

〈마음의 소리〉는 지금은 70컷 내외로 그 분량이 크게 늘었 다. 이제 조석의 만화는 누가 보아도 길다. 하지만 긴 서사이면 서도 그것이 지루하게 느껴지지는 않는다. 순차적으로 완료되 며 동시에 끊임없이 진행되는 단형의 서사들이 치밀하게 배치 되어 있기 때문이다. 하나의 주제를 향해 가던 여러 이야기들 은, 결국 그곳에 정확히 도착한다. 그래서 〈마음의 소리〉는 길지만, 길어 보이지 않는다. 시대가 요구하는 글쓰기, 즉 서사의 패러다임을 그대로 반영하고 있기 때문이다.

우리가 알던 글의 '몸'은 인터넷과 모바일이라는 환경을 거치면서 전에 없이 '해체'되고 있다. 문장과 문단, 그리고 장에 이르기까지 글은 그 몸을 분절하는 데 열심이고, 곳곳에 문신 같은 이미지까지 덧입는다. 그 어떤 작가도, 편집자도, 거기에서 자유로울 수 없다. 언젠가부터 긴 분량의 글이 등장하면 어김없이 '세 줄 요약'을 요구하는 댓글이 따라붙는다. 제대로 정돈되지 않은 글에 국한된 것이 아니라 글의 육체 그 자체에 피로를 호소하는 독자들이 늘었다. 특히 인터넷에서 생산되고 유통되는 글들은 자연스럽게 그 요구에 더욱 민감하게 반응한다. 독자의 스크롤이 멈추는 지점마다 하나의 '장'이 완결되고, 알맞은 이미지가 반드시 있어야 비로소 하나의 읽을 만한 글이 되는 것이다. 이러한 경향은 오프라인 출판시장으로도 이어져서, 최근 베스트셀러가 되는 책들은 대개 이전보다 작은 판형에 다소 긴 제목을 덧입었고, 그 본문은 몇 줄의 문장과 그에 알맞은 그림으로 구성되어 있기도 하다.

시대의 글쓰기는 어느 특별한 개인이 아니라 무수한 독자가 이루어 낸 장을 통해 예비된다. 조석은 우리 시대를 대표하는 작가임에 분명하지만, 그가 독특한 서사 전략을 마련하도록 추동한 것은 독자들이었다. 조석이라는 개인이 활약할 장은 이미 그 시대와 그에 따른 독자들이 마련해 두고 있었다. 그가 시대의 독자를 염두에 두는 통찰을 가졌거나 못 가졌거나 하는 것은 별개로, 작가는 독자를 끊임없이 고려하고 그에 연동될 수밖에 없는 존재다.

조석은 900화를 맞이해 자신의 작품 세계를 돌아보았는데, 거기에서 600화를 '과도기'로 규정했다. 그러면서 다시 그 서사 패러다임을 유지하고 있는 현재까지를 과도기로 정의해 낸다. "장르가 과도기, 앞으로 잘해야겠다."라는 자기 고백은 "10년 동안 감사했습니다. 10년 더 감사할 수 있게 열심히 해 보겠습니다."라는 1,000화 맞이 감사의 말과도 맞물린다. 계속해서 시대의 독자를 위해 지금의 서사 패러다임을 해체하고 재구축해 나갈 것이라는 선언으로도 읽힌다.

〈마음의 소리〉가 보여준 10년의 도정은 웹툰뿐 아니라 모든 장르의 작가들이 귀감으로 삼아야 할 만한 사례다. 독자는 시대의 글쓰기를 요청하고, 작가는 그에 화답한다. 그렇게 독자는 '시대의 독자'가 되고 작가는 '시대의 작가'가 된다. 조석을 비롯한 여러 작가들이 계속해서 그 요청에 귀 기울이고 부응할 수 있기를 바란다.

"나는 차가운 도시남자,
하지만 내 여자에게는 따뜻하겠지."

● 〈마음의 소리〉 중에서

그래도 김민섭의 책이
잘 팔렸으면 좋겠다.
아주 잘되면 약간 시샘하겠지만,
그래도. 그게 남들 다 빼고
저자 혼자 잘됐다는 증거가 아니고
나도 잘되고 있다는
지표였으면 좋겠고
나아가 다들 잘 살고 있다는
증거가 되면 좋겠다.

/ 마린블루스

작가 정철연. 2001년 11월부터 2007년 12월까지 작가의 개인 홈페이지에 연재
되었다. 아직 웹툰 플랫폼이 제대로 자리 잡기 이전, '1세대 웹툰'으로 명명할
수 있을 듯하다. 외로운 청춘인 '성게군'과 그의 친구들의 일상이 그 시대의 청
년들에게 많은 공감과 위로를 주었다. 그는 작은 선인장 화분을 사서 '선인장양'
이라고 이름 붙이고 의인화했는데, 나와 친구들도 덩달아 선인장을 사서 책상
에 올려놓았다.

마린블루스

작가와 독자의
젠트리피케이션

대학생 시절, 나의 기숙사 책상 한쪽에는 작은 선인장 화분이
하나 있었다. 거기에 '선인장양'이라는 이름을 붙여 주고는 외
로울 때마다 종종 말을 건넸다. 누군가는 그런 나를 걱정스럽
게 바라볼 수도 있겠지만, 나에게 정신적으로 문제가 있었던
것은 아니다. 그건 그런대로 그 시절의 유행 중 하나였다. 모두
가 그랬던 것은 아니지만 외로운 청춘들은 저마다 선인장 화
분을 하나씩 샀다. 〈마린블루스〉의 '성게군' 때문이었다.

〈마린블루스〉는 디자이너인 정철연 씨가 2001년부터 2007년까지 자신의 개인 홈페이지에 연재한 웹툰이다. 일상을 '일기' 형식으로 담아낸 이 작품은, 웹툰이라는 장르가 자리 잡는 데 많은 역할을 했다. 특히 '일상툰/일기툰'이 여기에서부터 가능성을 확인 받았다고 해도 과언이 아니다. 정철연 작가는 여러 해산물을 의인화해 작품에 등장시켰다. 성게, 불가사리, 멍게, 거북이 등 자신과 주변인들을 캐릭터로 만들었다. 〈마린블루스〉는 그 시기 젊은 세대 청년들에게 절대적인 지지를 받았다. 나와 친구들은 성게군이 어제 무엇을 했는지, 그러한 이야기를 나누며 대학 강의실로 들어갔다. 그것은 그의 서사가 그만큼 외로운 청춘들의 가슴에 가서 닿았기 때문이었다.

지방 출신인 성게군은 연고가 없는 서울에 정착해 직장 생활을 시작한다. 회사에서 돌아오면 그를 맞이해 주는 것은 '외로움'뿐이다. 대학 때문에, 직장 때문에, 그 무엇 때문에 고향을 떠나 홀로 살아가던 젊은 세대들은 성게군과 자신의 처지를 쉽게 동일시할 수 있었다. 게다가 성게군은 실연의 상처까지 그대로 내보였다. 〈마린블루스〉의 첫 장면은 이별한 여자친구와 길에서 마주치는 것이다. "그녀를 그리워한 건 사실이지만…

고백, 손짓, 연결

이런 식으로 만나길 바란 건 아냐… 이런 건… 후유증 30일짜리라구…" 하는 문장이 덧붙었다. 그 이후 성계군은 곁에 있다면 정신 차리라고 흔들고 싶을 만큼 안타까운 모습을 보인다. 헤어진 여자친구와의 사진을 벤치 위에 버리지만 "사랑이 어떻게 변하니."라며 다음 날 찾아 헤매고, 친구들과 영화를 보다가 "나도 저런 말을 했던 적이 있었어."라며 울고, 이사한 집이 헤어진 여자친구 집 근처인 게 그저 우연이냐는 친구의 말에 식은땀을 흘리며 "이모가 소개해 준 집이야." 하고 답한다. 그런데 그런 별것 없는 결핍된 성계군의 모습에, 각자 실연의 상처를 보듬고 있던 평범한 우리들이 응답했다. 자신의 모습을 발견하고 공감을 보내기 시작한 것이다.

정철연 작가는 2001년부터 2007년까지, 성계군과 그의 친구들이 살아가는 평범한 일상을 담아냈다. 실연에서 오는 외로움뿐 아니라 연애, 아르바이트, 군대, 취업 등, 대한민국의 20대가 겪는 오늘이 모두 거기에 있었다. 시간이 흐르고 전문 웹툰 작가와 플랫폼들이 등장하면서 〈마린블루스〉의 영향력도 이전과는 달라졌고, 저작권 문제로 연재가 종료되었다. 그러나 저마다의 가슴 속에 자신과 동일시했던 성계군이라는 캐릭터는 남았다.

의도했든 하지 않았든, 정철연 작가처럼 같은 세대의 '공감'을 이끌어 내는 방식으로 이름을 알린 작가들이 있다. 조남주 작가의 『82년생 김지영』이 대표적이다. 그 나이 또래 여성들의 열렬한 지지를 받았다. 83년생 남성인 내가 그 모습에 있는 그대로 공감했다면 거짓말이겠으나, 적어도 김지영과 같은 시대를 공유해 왔음을 알았다. 내가 '309동 1201호'라는 필명으로 쓴 『나는 지방대 시간강사다』라는 책도 젊은 세대에게 공감을 얻었다. 글을 연재하며 받은 여러 메시지 중에 "나의/우리의 이야기를 해 주어 고마워요." 하는 것들이 가장 기억에 남는다. 대학원생이나 시간강사뿐 아니라 평범한 회사원들에게서도 비슷한 내용의 무엇들이 왔다. 그러한 공감들이 모여, 한 사람의 작가를 만들어 낸다.

2017년 가을에, 『아무튼, 망원동』이라는 세 번째 책을 출간했다. 전작인 『나는 지방대 시간강사다』와 『대리사회』와는 달리 적당한 무게의 에세이집이다. 나는 온라인 서점의 독자 반응을 자주 검색해 보는 편인데, "김민섭의 책이 잘 팔렸으면 좋겠다. 10쇄, 20쇄까지 나가도록 그랬으면 좋겠다."라는 문장으로 시작하는 서평과 마주했다. 고마운 마음에 계속 읽다가, 그 글에서 '성계군'과 다시 만났다.

"작품을 몇 년간 따라가다 보면 문득 이질감이 들기도 한다. 자취방에서 시작했고 실연의 상처에 허덕이던 작가가 강남과 백화점에 매장을 내고 명품 브랜드와 제휴한다거나 하는 부분에서 그렇다. 아, 이제는 공감할 수 없구나 하는 지점에서 그 작가와는 작별을 한다. 나만 알던 혁오가 〈무한도전〉에 나왔을 때 느끼는 기분 같은 걸까. 좀 유치하지만 아무튼 그렇다. 몇 년 전에는 성계군과 작별을 했고 최근에는 어쿠스틱 라이프가 위험하다."

서평에는 세 명의 작가가 등장한다. 나와 성계군, 난다다. 이 서평은 이 셋뿐 아니라 글을 쓰고 그림을 그리는 모든 작가들이 눈여겨볼 필요가 있다. 한 작가의 작품을 몇 년간 따라가던 어느 독자들은 '이제는 공감할 수 없구나.' 하는 심정이 되는 순간 자연스럽게 그와 작별하게 된다. 성계군의 외로움, 단순히 실연으로 인한 상처만으로는 설명할 수 없는 그의 처지에서 동시성을 느끼던 독자들은 이제 '사장님'이 된 그와 마주한다. 사실 성계군이 명품 브랜드와 제휴한다는 소식은 무척 반갑다. 그러나 그의 독자들은 그의 특별한 성공에 공감할 만큼 외로움과 결핍에서 벗어나지 못했다. 〈마린블루스〉이후 〈마조 앤 새디〉라는 작품으로 다시 돌아오기는 했지만, 어느 단계를 훌쩍 넘어 버린 성계군이 보내는 공감의 손짓은 더 이상 독자에게 쉽게 가서 닿지 않는다.

서평을 쓴 독자는 "김민섭도 그렇게 될까. 망원동이 아닌 강남이나 더 과감하게 포르투갈에서 글을 썼다는 얘기를 들으면 기분이 묘해지겠지."라고 덧붙였다. 강남의 맥도날드에서 커피 한 잔을 시켜 두고 글을 써 본 기억은 있다. 그런데 포르투갈이라니, 리스본이라는 항구 도시와 호날두라는 축구 선수가 있는 것만 알고 있는 국가다. 아직 해외여행을 가 본 일이 없는 내가 문득 유럽의 어느 나라에 앉아 한가로이 커피를 마시며 글을 쓴다면 그건 분명히 성공의 징표가 되겠다. 그러나 나의 작품을 따라온 독자들은, 망원동에 망리단길이 생기고 역설적으로 그와 작별하는 젠트리피케이션처럼, 다른 공감의 지점을 따라 이동할 것이다. 여기에 서평은 다시 한 번 다음과

고백, 손짓, 연결

같이 응답한다.

"그래도 김민섭의 책이 잘 팔렸으면 좋겠다. 아주 잘되면 약간 시샘하겠지만, 그래도. 그게 남들 다 빼고 저자 혼자 잘됐다는 증거가 아니고 나도 잘되고 있다는 지표였으면 좋겠고 나아가 다들 잘 살고 있다는 증거가 되면 좋겠다. 그러면 저 혼자 잘 먹고 잘사는 것 같은 저자를 두고 외로이 떠나는 독자의 이상한 젠트리피케이션도 멈출 것 같다."

이 서평을 읽으면서 나는 작가들이 어떠한 태도로 글을 써야 할 것인가를 다시 고민하게 되었다. 오랜 시간 동안 작품을 따라온 여러 독자들, 그들은 창작에 관여한 무수한 작가들이기도 하다. 혼자가 아니라 함께 잘되고 있다는 증거를, 작가는 계속 수집해야 한다. 그러한 공감으로 서로를 끌어안을 수 있어야 '저자를(독자를) 두고 외로이 떠나는 독자의(저자의) 이상한 젠트리피케이션'도 멈출 것이다. 나의 잘됨이 당신의 잘됨이 됐으면 한다. 당신의 잘됨 역시 마찬가지다.

나는 지금도 여전히
짱구 아빠처럼 든든한 가장 역할을
해낼 자신이 별로 없다.
짱구와 짱아만 한 두 아이만
덜컥 생겨 버렸다.
어제보다 더 짱구를 닮아 가는
아이를 보며 매일 당황스럽다.
다만, 맛있는 음식을 먹을 때면
나 역시 사랑하는 이들을 떠올린다.

/ 짱구 아빠 노하라 히로시의 점심

작가 츠카하라 요이치, 일본의 만화잡지 〈망가타운〉에 2016년 1월부터 연재되고 있다. 〈고독한 미식가〉나 〈심야식당〉 등의 인기에 힘입어 요리사가 아닌 평범한 직장인이 조명 받는 작품들이 많이 나왔고, 이 작품도 그 중 하나다. 다만 주인공이 짱구 아빠라는 점을 제외하고 나면 특별한 매력이 없어서 아쉽다.

맛있는 음식에서
당신을 떠올린다

대학원생 시절의 작은 낙이 하나 있었다. 만화책 『슬램덩크』를 꺼내 읽는다든가, 모바일 게임을 한다든가, 이브EVE의 노래를 듣는다든가, 하는 것들이 있었지만 TV로 〈짱구는 못 말려〉를 보는 게 가장 좋았다. 민망해서 어디에 이야기한 일도 별로 없지만, 학과사무실이나 연구실에서 집에 돌아와 짱구를 보면서 지친 하루를 위로 받았다. 나는 일부러 과장되게 웃고 또 가끔은 울기도 했다. 내 인생에서 가장 즐겁고 평온했던 한 순간으

3장 연결하다

로, 지금도 기억하고 있다.

〈짱구는 못 말려〉에서 중심이 되는 캐릭터는 물론 주인공인 짱구지만, 그 가족들 역시 저마다의 서사를 가지고 있다. 짱구 아빠 신형만은 전형적인 샐러리맨이다. 그가 회사에서 분투하는 모습은 에피소드의 중심 소재로 자주 다루어진다. 영업을 마치고 퇴근한 그가 신발을 벗으면 짱구가 다가와 냄새를 맡고는 기절하곤 한다. 그 지독한 발 냄새는 그가 가족을 위해 얼마나 고된 시간을 보내고 돌아왔는지를 상징하는 것이다. 짱구 엄마 봉미선은 전형적인 가정주부다. 신형만에게 발 냄새 나는 신발이 있다면, 그에게는 언제나 충전해 두어야 하는 전기자전거가 있다. 아침마다 때맞춰 짱구를 어린이집 셔틀버스에 태워 보내기는 쉽지 않다. 그래서 버스를 먼저 보내고 나면 짱아를 업고 짱구는 보조석에 태우고 전기자전거에 올라탄다. 나에게 봉미선은 두 아이를 품에 안고 땀을 뻘뻘 흘리며 자전거의 페달을 밟는, 그런 모습으로 먼저 떠오른다. 회사와 가정에서 각각 자신의 역할을 다하는 두 사람은 일하는 아빠, 가정을 돌보는 엄마, 이처럼 전통적 가족 이데올로기의 표상이다. 그것이 지금도 여전히 권장될 만한 것이냐, 하는 논란

고백, 손짓, 연결

과는 별개로 나는 그런 짱구 가족의 일상이 무척 부러웠다. 어찌 되었든 최선을 다할 자신의 자리가 있는 삶인 것이다. 10년 전의 나는, 누군가를 책임지거나 평범한 가정을 꾸릴 만한 자신이 없었다.

〈짱구는 못 말려〉의 스핀오프 작품인 『짱구 아빠 노하라 히로시의 점심』이 나왔다. 영업직 샐러리맨인 신형만(노하라 히로시)이 바쁜 일상 속에서 챙겨 먹는 한 끼 식사의 풍경을 담아낸다. 스핀오프는 기존의 작품에서 등장인물이나 설정을 그대로 가져와 새로운 이야기를 만들어 내는 것을 말한다. 『도박묵시록 카이지』의 스핀오프 『일일외출록 반장』과 『중간관리록 토네가와』라는 작품도 요즘 인기를 끈다. 그런데 '짱구 아빠 신형만'과 '토네가와'는 스핀오프 작품이라는 공통점은 있지만 그 캐릭터를 끌어오는 방식에서 큰 차이를 보인다. 우선 토네가와의 경우 캐릭터의 의외성을 살리는 데 중점을 두었다. (한국어판에서는 이름이 리네카와로 잘못 번역되었다.) 원작에서의 토네가와는 대단히 침착하고 악랄한 인간으로 그려진다. 그러나 스핀오프작에서는 그가 중간관리직으로서 어떠한 고충을 떠안고 있는지, 그 와중에 얼마나 약하고 평균 이하의 모습을 보이는지, 하는 것을 유쾌하게 드러낸다. 그 이면의 모습이 독자들에게 큰 웃음을 준다. 반면 '짱구 아빠'는 〈짱구는 못 말려〉에서 보인 전형적 모습을 일관되게 유지한다. 작품을 보면서 "아, 짱구 아빠는 참 점심도 짱구 아빠처럼 먹는구나." 싶어진다. 그러니까, 신형만은 원작에서 가정에 충실한 가장으로 그려지지만, '저 사람 참 멋있는 아빠/남편이구나' 하고 생각할 즈음이면 예쁜 여자들 앞에서 정신줄을 놓다가 봉미선에게 혼쭐이 난다. 스핀오프작에서도 그 모습이 그대로 반영된다.

2화 「카레의 격식」에서는 스마트폰으로 카레 맛집을 찾은 그가 카레의 매운 정도를 두고 고민하는 모습이 나온다. 매운 카레를 먹고 싶으니 마일드는 아니고, 너무 매워서 맛을 못 알아보게 된다면 본전도 못 거두게 될 것이니 베리 핫도 아니고, 원조 카레의 맛을 확실히 느끼면서 매운맛도 즐길 수 있을 것으로 기대하며 세미 핫 메뉴를 선택한다. 이처럼 점심 메뉴를 위해 오래 고민하는 모습은 공감을 자아낸다. 누구나 만족스러운 식사를 위해 치열만 내면의 갈등을 벌이곤 한다. 그때 옆 테이블에 앉은 여성들이 "역시 남자는 굉장히 매운 카레를 아무렇지 않다는 듯한 얼굴로 먹었으면 해." 하고 대화 나누는

고백, 손짓, 연결

것을 듣는다. 그는 메뉴를 묻는 식당 주인에게 근엄한 표정을 지으며 "베리 핫으로!!" 하고 답한다. 생각보다 훨씬 매운 카레 맛에 당황한 그는 물에 시럽을 타서 계속 마시면서 고통스럽게 그릇을 비워 낸다. 그러고는 여성들을 향해 '어때?' 하는 표정을 지어 보이지만, 그들은 애초에 신형만에게는 관심이 없다. 그밖에도 떨어진 포크를 줍다가 여종업원에게 오해를 받거나, 목에 걸린 고등어의 가시를 밥을 먹는 것으로 넘기다가 반찬만 남게 되었다거나, 자신보다 비싼 메뉴를 고른 부하직원에게 설교를 고민한다거나, 하는 짱구 아빠다운 에피소드들이 가득하다.

그래도 맛있는 음식을 먹고 가족을, 사랑하는 이들을 떠올리는 모습은 영락없이 우리가 아는 짱구 아빠다. 6화 「드라이 카레의 격식」에서는 오래된 식당에서 드라이 카레를 먹으며 옛사랑을 추억하는 장면이 나온다. 식사를 마치고 잠시 우울해진 그에게 "오늘 밤은 전골이야. 폰즈가 다 떨어졌으니까 돌아오는 길에 사 와줘." 하는 아내의 문자가 온다. 그러자 그는 '맞아, 지금 내게는 사랑하는 가족이 있잖아. 오후에도 열심히 일해 보자.' 하고 힘을 낸다. "OK! 잊지 않고 사 갈게, 사랑해." 하는 답장도 잊지 않는다. 7화 「팬케이크의 격식」에서는 직장 후배의 권유로 생크림이 가득한 팬케이크를 힘겹게 먹는다. 그러나 의외로 배도 부르고 괜찮다고 느낀 그는 '다음엔 가족끼리 오도록 하자! 분명 모두가 기뻐할 거야.'라며 회사로 돌아간다. 16화 「산마멘의 격식」에서는 요코하마에 출장을 가서 남들이 모두 먹고 있는 산마멘이라는 음식에 도전하게 된다. 이게 바로 요코하마의 맛인가, 하며 기쁘게 배를 채운 그는 '어쩌다가 만난 산마멘이지만 처음 먹게 된 나한테도 추억으로 남게 되었는걸, 하지만 다음에는 가족들과 함께 추억을 만들러 오고 싶어, 주말에 말을 꺼내볼까.' 하고 생각하며 식당을 나선다.

그는 아들에게 "짱구야, 아빠가 인생에서 가장 행복하다고 생각했던 건 너와 짱아가 태어났을 때란다."라고 말할 줄 아는 인간이다. 나는 지금도 여전히 짱구 아빠처럼 든든한 가장 역할을 해낼 자신이 별로 없다. 짱구와 짱아만 한 두 아이만 덜컥 생겨 버렸다. 어제보다 더 짱구를 닮아 가는 아이를 보며 매일 당황스럽다. 다만, 맛있는 음식을 먹을 때면 나 역시 사랑하는 이들을 떠올린다. 특히 언제가 되었든, 아이들과 함께 꼭

고백, 손짓, 연결

와 보고 싶어지는 것이다.

　밥 잘 챙겨 먹어, 하는 데서 조금 나아가서 "뭐 먹었어?" 하고 묻고, "좋은 거 챙겨 먹어." 하는 참견을 할 수 있는 당신(들)이 계속 곁에 있으면 한다.

"다음엔 가족끼리 오도록 하자,
분명 모두가 기뻐할 거야."

●『짱구 아빠 노하라 히로시의 점심』중에서

우리의 삶은
계획대로, 예정대로,
치밀한 개연성으로만
이루어지지 않는다.
특히 100% 안전한 고리가
박히는 일도 별로 없다.
흔들흔들, 저기에 자일을 걸어도 될까
언제나 두렵고,
실제로 암벽 위에 홀로 서서
눈물짓게 되는 날들이 더욱 많다.

/ **오무라이스 잼잼**

작가 조경규. 2010년 4월부터 '다음 만화속세상'에 연재되고 있다. 소소한 가족
과의 추억이 어느 순간 음식으로 이어지고 확장되는 것이 인상적이다. 이 작품
에서는 끊임없이 '정상 가족'이 재현되는데, 작가처럼 두 아이를 둔 나로서는 그
방식이 어떠해야 할까, 하고 계속 고민하게 된다. 실제로 작품의 댓글에서는 자
주 가족의 역할에 대한 논쟁이 벌어진다. 그것은 '정상 이데올로기'가 더 이상
미덕이 될 수 없음을 보여준다.

오무라이스 잼잼

즉흥적인
인생은 없다

2018년이 되어 지난 한해를 돌아보지만, 그 서사는 무척이나
뒤죽박죽이다. 한 편의 글이나 한 권의 책으로 만들어 출판사
에 가져간다고 해도 담당자의 비웃음을 사고 원고가 반려될
것이다. 잘 포장해 보려고 해도 별다른 개연성이 없고 그 흔한
기승전결조차 없다. 이러다 보니 훅, 저러다 보니 훅, 그러다
보니 어느새 1년이 지났다. 그 시간을 여행해 온 이런저런 단
어들을 건져내고 보니 결국 하나가 남는다. '아이들'이다. 과거

의 어느 시점을 기준으로 하든 서사의 전개부터 결말까지, 그 연결고리에는 언제나 아이들이 있었다.

몇 년 전 『나는 지방대 시간강사다』, '지방시'라는 글을 쓰고 대학에서 나올 때도, 그것이 계획하거나 예정된 서사는 아니었다. 투철한 사명감이나 남다른 정의로움이 있었던 것도 아니다. 논문을 읽고, 쓰고, 강의를 하고, 글을 한 편 쓰고, 그러다 보니 훅, 대학 바깥에 있었다. 「나는 오늘 대학을 그만둡니다」라는 글이 페이스북에서 120만 명에게 퍼져나가고, 그날 카카오KAKAO에서 '오늘의 인물'로 선정되고, 대한민국에서 가장 요란하게 대학을 그만둔 인간이 되어 있었지만, 어디로 그 다음 발걸음을 옮겨야 할지 알 수 없었다. 내가 내 인생의 작가라면 다음 서사는 무엇일까, 수습할 수 있는 일인가, 연재를 중단해야 하나, 나는 무척 복잡한 심정으로 그 시기를 버텨 냈다. 지금에 와 돌이켜 보면, 제대로 지면에 다리를 딛고 서 있었는지 잘 알 수가 없다. 계속 조금은 붕, 떠서 존재했던 것 같다. 그러나 아이를 떠올릴 때만큼은 몸의 어디든 지면에 단단히 대게 되는 것이었다. 어쩌면 두 아이가 다리 한 쪽씩을 잡고 나를 끌어내렸는지도 모르겠다. 덕분에 나는 조금은 정신

고백, 손짓, 연결

을 차렸다.

조경규 작가의 〈오무라이스 잼잼〉은, 작가의 작품 설명에 따르면 "달콤한 추억을 듬뿍 얹은 일상 음식 이야기"다. 우리에게 친숙한 어느 한 가지 음식을 정해 두고 그와 관련한 이야기를 자연스럽게 풀어 나간다. 그런데 처음 이 작품을 보는 사람들은 '음식 이야기는 언제 나오는 거지', 하고 당황하게 된다. 작가 자신과 그 가족의 소소한 일상이 이어지다가, 아주 작은 연결고리 하나를 두고 음식의 역사, 추억, 맛, 같은 것으로 어느 순간 넘어가 버린다. 그러고는 다시, 단란한 가족의 서사로 돌아온다. 무척 즉흥적으로 보이기도 하고 '이래도 되나' 싶을 만큼 그 연결고리라는 것이 아주 약하다. 한두 번이야 그럴 수 있을 텐데 거의 모든 에피소드가 그렇게 진행된다. 그래서 이것은 하나의 독특한 서사가 된다. 아슬아슬해 보이는 그 연결고리가, 마치 암벽에 단단하게 박아 넣은 것처럼, 작가와 독자 사이의 자일을 지탱해 낸다.

「추억은 파르페처럼」은 파르페라는 음식을 주제로 한 에피소드다. 아들 준영이 대중목욕탕에서 작가의 등을 밀어 주는 데서 시작한다. 작가는 '아들 녀석, 언제 크나 싶었는데 어느새 남자 노릇을 다한다. (…) 목욕탕에서 아빠 등 밀어 주는 데 제법 힘이 느껴질 때 말이다.' 하고 그때의 감정을 표현한다. 아들이 "아빠 등 밀어 주는 게 추억으로 남을 거 같아요."라고 하자, 작가는 여기에서 '추억'이라는 단어를 연결고리 삼아 다음의 서사를 전개해 나가기 시작한다. "내 버전으로 살짝 바꾸자면 행복한 인생이란 달콤하고 싱그러운 하루하루가 쌓이고 쌓여 하나의 멋지고 높다란 파르페가 되는 것이다."라면서, 자연스럽게 '파르페'라는 음식으로 넘어가는 것이다. 파르페가 프랑스어로 퍼펙트, 즉 완벽하다는 뜻의 단어인 것도 알려주면서, 여러 종류의 파르페를 소개한다. 프랑스의 '르 베리 파르페'부터 맥도날드의 '선데이 아이스크림', 브라우니에 초콜릿을 부은 '핫퍼지 선데이'까지, 각종의 파르페를 먹음직스러운 자신의 화법으로 그려 낸다.

그리고 다시 장면이 '은영이와(딸과) 산책하던 어느 날'로 전환된다. 은영은 '파르페 올레'라는 자신의 가게를 열고 싶다면서 "아빠는 언제든지 와도 좋아요. 내가 만들어 줄게요." 하고 말한다. 이처럼 아이들과의 추억이 파르페라는 음식과 어울리면서, 음식과 일상이라는 서로 다른 주제에 연결고리가 생긴다. 장면은 다시 일본의 어느 패밀리 레스토랑으로 이동한다. 그리고 "이 아이는 실은 여태껏 딱 한 번 파르페를 먹어 봤다."는 고백과 함께, 기분이 좋아서 한 사람에 하나씩 파르페를 주문했던 그 어느 날을 그려 낸다. 소소하게 등장하는 "괜찮겠어요? 거의 밥값인데.", "이런 것도 한 번인데요. 뭐."라는 부부간의 대화는 마치 나의/우리의 것처럼 정겹다. 곧 치즈와 딸기와 아이스크림이 층층이 쌓인 멋진 파르페가 등장한다. 작가는 거기에 "엄마 아빠와의 달콤한 추억을 듬뿍 얹어 줄 수 있다면 더 바랄 게 없겠다." 하는 말을 덧붙이며 작품을 마무리한다. 이처럼 파르페라는 음식에서 층층이 쌓인 저마다의 추억을 불러내는, 음식과 일상에 가족이라는 단단한 연결고리를 두고 자유분방하게 넘나드는 독특한 서사 방식을, 조경규 작가는 자신의 것으로 두고 마음껏 사용한다.

그에게 익숙한 독자들은 그가 다소 무리하게 서사를 확장하더라도 당황하지 않는다. 그가 곧 아주 작은 연결고리 하나를 어디엔가 단단하게 박으며, 다시 돌아올 것을 알고 있기 때문이다. 사실 이러한 즉흥적인 서사는 오히려 친숙함을 준다.

우리의 삶은 계획대로, 예정대로, 치밀한 개연성으로만 이루어지지 않는다. 특히 100% 안전한 고리가 박히는 일도 별로 없다. 흔들흔들, 저기에 자일을 걸어도 될까 언제나 두렵고, 실제로 암벽 위에 홀로 서서 눈물짓게 되는 날들이 더욱 많다. 그런데, 미끄러지더라도 결국은 나의 몸을 지탱해 줄 것이라는 믿음을 주는, 혹은 거기에 힘이 실리는 일이 없도록 해야겠다고 스스로를 다잡게 만드는 연결고리들이 있다. '아이들'이라는 연결고리다.

그들이 태어나고부터 나의 모든 서사는 결국 그들로 귀결되고 만다. 그러니까, 너희들 덕분에/때문에 여기까지 왔구나, 하는 생각이 늘 들고 마는 것이다. 대학에서 나올 때도, 대리운전을 하면서 글을 쓸 때도, 망원동을 걸으며 동네를 추억할 때도, 늘 그랬다. 이 두 연결고리는 2018년에도 여전히 내 삶의 서사를 계속 지탱해 낼 것이다.

두 아이가 자신의 서사를 마음껏 써나갈 수 있기를 바란다. 언젠가는 단단하게 연결된 고리가 있음을, 그것이 자신을 지탱해 왔으며 자신 역시 부모를 지탱하는 힘이었음을 자연스럽

고백, 손짓, 연결

게 알게 될 것이다. 아무런 개연성 없이 버텨 온 삶 같았다고 해도, 돌이켜 보면 우리는 사랑하는 누군가를 위해, 누군가로 인해, 자신의 서사를 완성해 왔다. 저마다의 서사에는 각자의 이유가 있고 조경규 작가 역시 그러할 것이다. 그가 그의 아이들과 함께 2018년에도 단단히 연결된 삶을 살아 내기를 바란다. 그리고 이 글을 읽고 있는 당신과, 당신의 소중한 모든 연결고리들의 행복한 2018년을 바란다.

연결되어 있는 당신들 덕분에 오늘도 버티고 있다.

저자 김민섭

1983년, 서울 홍대입구에서 태어났다. 대학에서 현대소설을 연구하다가 2015년에 『나는 지방대 시간강사다』를 쓰고 대학 바깥으로 나왔다. 대리운전이라는 새로운 노동을 시작했고, 2016년에 『대리사회』를 쓰며 이 사회를 '거대한 타인의 운전석'으로 규정했다. 2017년에 동네의 서사를 담은 에세이집 『아무튼, 망원동』을 쓰고, 지금은 이런저런 노동을 하고 글을 쓰며 지낸다. 글 마감이 바빠도 요일마다 웹툰은 꼬박 챙겨 본다.

고백, 손짓, 연결

2018년 7월 25일 1판 1쇄 발행
2020년 11월 5일 1판 2쇄 발행

지은이 김민섭
펴낸이 한기호
편집 도은숙, 정안나, 유태선, 염경원, 김미향, 김민지
디자인 여만엽
일러스트 짠짠맨
마케팅 윤수연
경영지원 국순근
펴낸곳 요다
출판등록 2017년 9월 5일 제2017-000238호
　　　　주소 121-839 서울시 마포구 동교로 12안길 14 삼성빌딩 A동 2층
　　　　전화 02-336-5675
　　　　팩스 02-337-5347
　　　　이메일 kpm@kpm21.co.kr

ISBN 979-11-89099-05-3 03810

• 요다는 한국출판마케팅연구소의 임프린트입니다.
• 잘못된 책은 구입처에서 교환해드립니다.
• 책값은 뒤표지에 있습니다.
• 이 도서의 국립중앙도서관 출판예정도서목록(CIP)은 서지정보유통지원시스템 홈페이지(http://seoji.nl.go.kr)와 국가자료공동목록시스템(http://www.nl.go.kr/kolisnet)에서 이용하실 수 있습니다. (CIP제어번호: CIP2018021802)